V(Ⅲ)

する→します→しない→させる （サ行変格 V）

くる→きます→こない→こい （カ行変格 V）

V(Ⅰ)

△ あ、う、お 段 （假名在 あ、う、お 段）

⑤ あ段音：集まる
　→あつ └→ma ⇒ あ 段

う段音：おくる
　　└→ku ⇒ う段

お段音：おこる
　　　└→ko ⇒ お段

△ 漢字上有兩个假名
　帰る
　送る
　怒る
　入る

る前面の音 あ
　　　う
　　　お
　　　段
　　　音

V(Ⅱ) ↗ V(Ⅱ) 有二个的.

△ え、：い 段音.

伸びる

延伸日語會話力

日本語
会話

大新書局　印行

はじめに

　グローバル化時代の下、日本語会話の学習において、母語話者レベルの流暢な会話能力の習得を希望する学習者が多くいることでしょう。しかし、台日間のコミュニケーションスタイルが違うため、語彙や文法、表現に関する問題だけではなく、両者の言語間でのニュアンス、発話の運び方などの文化的側面の相違があります。そこで、本書がねらいとするところは、話し手の意図や感情を正確に理解できるようになること、同様に聞き手に対して自分の意図や感情を正しく伝えられるようになること。それだけでなく、どのようにうまくあいづちを打ったらいいのかなどです。

　本書の特徴は次の通りです。

➤留学などで日本に滞在した際の様々な実用的な場面を取り上げているので「使える」会話が学べ、練習しながら会話を十分に楽しむことができます。→「会話文」＆「会話文の確認」

➤各場面にふさわしい慣用語や発話表現への活用から日本語の運用能力を身に付けることができます。→「発話表現」＆「キーセンテンス」

➤文化間の戸惑いを解決するため、キーセンテンスや文型の説明に止まらず、更に一歩進んだ解説によって日本語・日本文化をより深く理解できます。→「もっと知りたい」

➤習ったことを意識しながら演技することで、自分の行動の意味や感情、相手への思いなど様々な気づきが得られ、創造性と問題解決力の訓練にもなります。→「ロールプレイ」＆「会話スキルアップ」

➤シャドーイングの練習によって、舌の動きがより滑らかになり、日本語のプロソディーの定着、増強にともなって、口頭の表現力がより高められます。→「シャドーイング」

　『伸びる日本語会話』は従来の会話教材とは少し異なり、言葉の技能習得よりもコミュニケーションに重点を置いています。日本での日常生活に必要な日本語の運用能力、または台湾や他国で日本人と接する際に使える日本語の運用能力が身につき、更には日本の文化や日本人の心などを理解する一助となることを願っています。

　この本を通して多くの方々の日本語会話力がますます伸びることを願ってやみません。

著者

前言

　　面對全球化時代的來臨，相信許多人都希望在日語會話的學習上，能說一口像日本人一樣流利的日語吧！然而，由於台灣與日本之間的語言溝通型態不同，不僅有詞彙、文法、表現等相關問題，兩種語言間也有語感、發言的陳述方式等文化面的相異處。因此，本書所期待的是學習者能夠準確地理解說話者的意涵或情感，並同樣的也能正確地傳達自己的意思或情感給對方。不僅如此，還包括如何適切地承接對方的話語等接話能力。

　　本書的特徵如下所示。

➤ 擷取了留學等因素而居留在日本的各種場景，所以能夠十分愉快地邊練習邊學得實用的日語會話。→「會話文」&「會話文的確認」

➤ 自各場景人物應對中，充分活用所出現適切的慣用語或對話的表現，掌握日語的運用能力。→「應對表現」&「關鍵句子」

➤ 為了解決文化間的困惑，不僅止於關鍵句子或句型的說明，甚至藉由更進一步的解說，能夠更加深入理解日語及日本文化。→「想更一步瞭解」

➤ 經由演出自己所認知、習得的日語，可以察覺到自己所表現的行為意涵及情感，同時也是一種創造力與問題解決能力的訓練。→「角色扮演」&「提升會話技巧」

➤ 藉由跟述練習，可使舌頭更為靈活，隨著日語音調的穩定、增強，可以更加提升口頭的表現能力。→「跟述」

　　《伸びる日本語会話》是稍異於一般注重語言技巧習得的會話教材，主要著重於溝通能力的養成。我們希望對於生活在日本，或者是在台灣或其他國家與日本人接觸時，都能充分掌握所必備的日語運用能力，甚至對於理解日本文化或日本人的想法等都能夠有所助益。

　　我們真誠地希望透過本書能更加提升大家的日語會話能力。

作者

本　書の使い方

1. 本書の目指すところ

こんなこと、ありませんか？

「初級の学習が終わり、達成感を味わった…はずなのに、しゃべれない！」

「習った言葉や文法が実際に使えない！」

「話せるようになったけど、なぜか話がスムーズに進まない！」

　言葉は、あくまでコミュニケーションのツールなので、「使えてナンボ」です。使い方にも色々ありますが、本書は日本語を「聞いて話す」、「話して聞く」こと、つまり日本語で「会話すること」を目的にしています。

　各課の会話は、「こんな場面ではこんな会話になるだろう」というリアルな場面を設定しています。場面ごとに使われるキーセンテンスはぜひ覚えて活用できるようになってほしいものです。

　また、会話では、「話しかける時の切り出しの言葉」や「相手の言葉に合わせたあいづち表現」なども非常に大切です。より自然に、スムーズに話せるように、会話の細かな部分も注意したいところです。

　とにかく、間違いを恐れず話せるようになることを目指しましょう。

2. 本書のレベルと学習進度

　初級レベルが終わった段階を一応の想定レベルとしました。台湾の大学で一年間基礎的な四技能を学び、それを応用していく段階である二年生の会話科目に適していると思います。大学入学前にすでに数年の学習歴がある学生のクラスなら、一年生の会話教材としても使えると思います。

　6〜8時間で1課を終えるペースで進めると、4課までで1学期、8課までで1学年度になると思います。

　また、もちろん大学などの学生だけに限らず、個々の学習に合わせて、自己学習する際の会話能力レベルアップ参考書ともなり得ると思います。

3. 本書の構成

8つの課を設定しました。各課は「ウォーミングアップ」からスタートです。そして、各課には4つの会話があり、会話ごとに「会話文」、「会話文の確認」、「発話表現」、「キーセンテンス」、「文型と練習」、「もっと知りたい」と進みます。そして、各課の最後に「シャドーイング」、「ロールプレイ」、「会話スキルアップ」を備えました。また、巻末の付録には「各課の文型」と「単語表」を載せました。

① ウォーミングアップ

その課のトピックに合わせ、2つの質問を用意しました。質問に答えながら、その課で学ぶカギとなる表現や会話のやり取りなどを頭の中で予習します。気軽に隣の人と話したり、教師から全員に問いかけたりして、教室の雰囲気づくりに役立てることができます。

② 会話文

台湾などからの留学生たちが日本で生活する際のさまざまな場面が描かれています。まずは、丁寧な話し方をマスターしてもらいたいという願いから、おおよそ「丁寧体（ですます体）」の会話となっていますが、より自然な会話を想定し、一部「普通体（だ体）」を使っているところもあります。少し長い会話文もあるので、全部を暗記するという方法より、部分ごとに分けて練習するほうが効果的かと思います。また、課の最後のシャドーイングもこの会話文を練習しますし、ロールプレイもこの会話文を活用しながら展開させます。

③ 会話文の確認

会話文の練習のあとで、会話内容が理解できたか確認します。「内容質問」と「インタビュー（聞いて答えよう）」の2つの確認問題があります。

「内容質問」は、会話文の内容に合うように4つの中から正しい答えを1つ選ぶ問題です。

「インタビュー（聞いて答えよう）」は、質問を聞いて、会話文の内容に合うように答える問題です。

④ 発話表現

　　会話文で使われていた重要表現の復習です。１枚の絵を見ながら、その状況でどう発話するのが正しいのか３つの中から最も適当な言い方を１つ選ぶ問題です。

⑤ キーセンテンス

　　各課のテーマにあったキーセンテンスを会話文の中から選んであります。その場面にふさわしい慣用表現はそのまま使えば自然な会話が成立しますし、動詞を入れ替えれば自在に応用できる表現も挙げてありますので、ぜひ覚えてどんどん活用してほしいと思います。

⑥ 文型と練習

　　初級レベルが終わった段階を想定しているので、初級で習ったであろう文型の復習も兼ねながら、少し進んだ中級レベルの文型を取り上げました。JLPT の N5 から N3 レベルに相当します。練習問題を通して、使い方が確認でき、文型のマスターを促します。

⑦ もっと知りたい

　　各課の会話文に出てきた、少し説明を要する言葉や表現、その他日本文化、日本の習慣などについて適確に解説しています。表現をうまく使いこなすため、日本を深く理解するために「もっと知りたい」情報です。

⑧ シャドーイング

　　初中級段階の言語習得では非常に有益なシャドーイング練習を取り入れました。文字どおり、どこまでも人にくっ付いていく影のように、耳から聞こえてくる音声をそのままに口に出して練習するシャドーイングは、様々なメリットがあります。日本語に耳を慣らし聴解力アップ、口を慣らし発話力アップ。正しいアクセントや日本語らしいイントネーションを身に付けることも期待できます。

⑨ ロールプレイ

　「こんな場面ではこんな表現が必要」ということを習ったら、次は実践です。各課に2つのテーマを挙げたので、それに基づいてロールプレイをしたり、またはそれを参考にして、また違った場面を想定してもいいでしょう。ロールプレイを通して、二人で（或いは数人で）会話を創り上げていくことは、達成感も味わえ、次のレベルに進む大きなステップとなるはずです。また、クラスメートのロールプレイから、間違えやすい表現がわかったり、新しい使い方を学んだりでき、お互いの会話能力を高め合う場ともなるでしょう。

⑩ **会話スキルアップ**

　会話の中に現れる慣用表現や、会話を進める上で重要なストラテジー（前置きから始まり、どのような順序で話を展開させるか等）、関連のある語彙など知っておくとワンランク上の話し方ができる情報を挙げています。ロールプレイをする前に見ておくことをすすめます。

4. ダウンロードファイルについて

　大新書局ホームページの本書ページから、「音声ファイル」、「解答」、「シャドーイング内容」、「索引」をダウンロードすることができます。

　「音声ファイル」は、本書のヘッドホンマークが付いている部分の音声が聞けます。

　「解答」は、「会話文の確認」、「発話表現」、「文型と練習」の解答が確認できます。

　「シャドーイング内容」は、各課で練習するシャドーイングのステップ1～ステップ3のスクリプトを見ることができます。

　「索引」は、「文型索引」と「単語索引」を五十音順で調べることができます。

本 書的使用方法

1. 本書的目標

大家是否有遇到這樣的問題？

「學完初級日語，理應有些成就感才對，卻開不了口。」

「學過了單字語彙或文法等，卻有無法學以致用的無力感。」

「會說日文了，話題卻無法順利進行。」

語言終究是溝通的工具，唯有「會應用才有意義」。應用的方法很多，本書的目的是「聆聽後表達」、「表達後聆聽」，換句話說是要用日文來進行「會話」。

每課設定「遇到這種場合，日文該這樣表達」的實際日常會話場景，希望藉此熟記會話文中所使用的關鍵句並予以活用。

還有，會話裡，「如何切入話題」、「回應對方的適當表現」等也是很重要的。我們希望學習者也能注意到會話上的細節，這樣才能自然、順利地與對方互動。

總之，不要怕說錯，努力提昇會話表達能力！

2. 本書的程度設定與學習進度

本書的程度設定是以學完初級課程，接下來要邁向下一階段的學習者為主。在台灣的大學裡，第一年學習完基礎的聽、說、讀、寫四種技能之後，本書剛好適合用來銜接二年級的會話課程。若是進大學前早已有數年學習經歷的話，也能當作一年級的會話教材使用。

若以每一課6～8小時為授課時數，一學期可上4課，一學年剛好上完8課。

當然，本書不限適用於大學生，可因應每位學習者的程度，相當適合作為提升自己會話能力的參考教材。

3. 本書的構成

本書共 8 課。各課先由「課前暖場」開始。其次是每課有 4 個會話，每段會話依序有「會話文」、「會話文的確認」、「應對表現」、「關鍵句」、「句型和練習」、「想更進一步了解」。而且，每課的最後有「跟述」、「角色扮演」、「提升會話技巧」。另外，書末的附錄有「各課句型」與「單字表」。

① 課前暖場

首先配合各課主題，提問 2 個問題。在授課前，讓學習者先在腦海裡一面回答問題，一面預習該課主題相關的重要表現、思考會話一來一往的互動等。可以是輕鬆地與鄰座聊天，或是老師提問全體學生，如此營造教室的學習氛圍，快速進入主題。

② 會話文

描繪來自台灣等各地的留學生在日本生活的實際會話場景。首先，期待大家學會得體的表達，所以會話文中的文體多是「禮貌體（ですます体）」，但是也有部分會話內容為求表達自然，是以「常體（だ体）」來呈現。有些會話文內容稍長，與其全部背誦，不如分段練習，效果會更佳。還有，每課後面的「跟述」是用來練習會話文，而「角色扮演」也是會話文的活用。

③ 會話文的確認

會話文的練習後，為了讓學習者確認是否理解會話文內容而設計的練習題目。問題分成「內容提問」和「問答（聽後回答）」兩部分。

「內容提問」是從符合會話文內容的 4 個選項中，選出一個正確的答案。

「問答（聽後回答）」則是先聽問題內容，然後口頭回答符合會話文內容的答案。

④ **應對表現**

　　這是會話文中重要表現的複習。依據插圖判斷應有的狀況表現，從 3 個選項裡面選出最適合的表達方式。

⑤ **關鍵句**

　　從會話文中選出各主題的關鍵句。針對與場景相應的慣用表現予以使用的話，就可以自然地進行會話，另外也列舉替換別的動詞就可以靈活運用的功能表現，非常地實用。

⑥ **句型和練習**

　　本書程度設定是已學完初級的課程，所以不單可以複習學過的初級文型，還能循序漸進地往中級邁進。相當於日語能力試驗的 N5 ～ N3。透過練習問題，可以確認句型的運用，還能增進句型的熟練度。

⑦ **想更一步了解**

　　各課會話文中出現需要進一步說明的單字用詞、表現或其他日本文化、日本習慣等相關內容，會再深入解說。是讓學習者能熟練運用日語表現並更進一步理解日本的「想更一步了解」資訊。

⑧ **跟述**

　　採用對初中級語言學習階段益處非常大的跟述練習。如文字所述，這個字本身是「影子」的意思，帶有緊緊跟隨的意味。練習將耳朵聽到的聲音（內容）如實隨之說出的跟述有許多益處。耳朵聽習慣日語可提升聽解能力，習慣開口可提升口說能力。而熟悉掌握正確的日語重音或音調也是可期待的喔。

⑨ 角色扮演

　　學會「這樣的場合，需要這樣的表現」之後，再來就是實際運用。每課會列出 2 個設定，根據設定條件進行角色扮演或是以此為參考，自由想像不同的情況進行練習也可。透過角色扮演，2 個人（或 2 個人以上）創作會話文，能帶來成就感，這是邁向下一個級數的重要一步。還有，從同學間的角色扮演中，可以知曉容易犯錯的日語表現，學習新的用法，也是彼此互相提升會話能力之處。

⑩ 提升會話技巧

　　內容羅列了會話中常見的慣用表現、增進會話能力所需的重要口說技巧（從開場白開始，到如何依序展開話題等）、相關用語等，都能提升聽、說能力的資訊。建議在進行角色扮演的練習前，可參考之。

4. 關於檔案下載

　　自大新書局網站的本書頁面可下載「音檔」、「解答」、「跟述內容」、「索引」。

　　「音檔」是本書有標記耳機符號的部分，都有音檔可聽。

　　「解答」是「會話文的確認」、「應對表現」、「句型和練習」的解答。

　　「跟述內容」則可看到各課中分為 3 階段跟述練習的內容。

　　「索引」則可依五十音順序來查詢「句型索引」和「單字索引」。

目 次

登場人物

王心愛
オウ シンアイ
太陽大学3年生。
たいようだいがく　ねんせい
台湾人。
たいわんじん
ニックネームは
「ここあ（心愛）」。

ダビド・モリ
太陽大学3年生。
たいようだいがく　ねんせい
日系3世のペルー人。
にっけい　せい　　　　　じん

楊剛
ヨウ コウ
太陽大学に交換留学に来た学生。
たいようだいがく　こうかんりゅうがく　き　がくせい
台湾人。
たいわんじん

北山陽菜
きたやまひ な
太陽大学3年生。
たいようだいがく　ねんせい

北山波奈
きたやまは な
陽菜の姉。
ひな　あね

田中先生
た なかせんせい
太陽大学の先生。
たいようだいがく　せんせい

木村さん
き むら
王心愛のバイト先の同僚。
オウシンアイ　　　　　さき　どうりょう
フリーター。

1 紹　介
しょう　かい

ウォーミングアップ

①初めて会った人と話すとき、どんなことを話し
　はじ　あ　　ひと　はな
　たいですか？どんなことを聞きたいですか？
　　　　　　　　　　　　　き
②日本人の家を訪問するとき、どんなあいさつを
　にほん じん いえ ほうもん
　するか知っていますか？
　　　　し

会話1 学生同士 🎧001

陽菜：こんにちは。はじめまして！

楊　：はじめまして！台湾から来た楊です。

陽菜：楊さんですか。北山と申します。名前は陽菜です。

楊　：北山陽菜さんですね。

陽菜：はい。

楊　：陽菜さんは何学科ですか？

陽菜：人間科学学科です。

楊　：人間科学って（何ですか）？

陽菜：健康福祉や環境のことですね。楊さんは？

楊　：私は台湾の大学で日本語を専攻しています。

　　　ここへは一年間交換留学に来ました。

陽菜：交換留学ですか。

楊　：はい。台湾では二年間ぐらい日本語を勉強しました。

陽菜：二年間だけですか。でも、日本語、上手ですね。

楊　：ありがとうございます。

　　　日本語勉強中ですが、まだまだです。よく間違えます。

　　　陽菜さん、間違えたら、教えてくれませんか？

陽菜：いいですよ。じゃ、楊さんは中国語を教えてくれません
ひな　　　　　　　　　ヨウ　　　　ちゅうごく ご　おし

　　　か？私、第二外国語で中国語を勉強しています。
　　　　わたし　だい に がいこく ご　ちゅうごく ご　べんきょう

楊　：もちろんいいですよ。じゃ、これからよろしくお願いします。
ヨウ　　　　　　　　　　　　　　　　　　　　　　　ねが

陽菜：こちらこそ、よろしくお願いします。
ひな　　　　　　　　　　　　ねが

会 話文の確認

I 内容質問
ないようしつもん

1. 陽菜さんは（　　）学科の学生です。
ひな　　　　　　　　　　　がっか　　がくせい

    A 日本語学　　　　　　　　　　B 社会科学
      にほん ご がく　　　　　　　　　　しゃかい か がく
    C 人間科学　　　　　　　　　　D 台湾語学
      にんげん か がく　　　　　　　　たいわん ご がく

2. 楊さんは（　　）を勉強していますが、まだまだです。
ヨウ　　　　　　　　　　べんきょう

    A 中国語　　　　　　　　　　　B 日本語
      ちゅうごく ご　　　　　　　　　にほん ご
    C 健康福祉　　　　　　　　　　D 環境
      けんこうふく し　　　　　　　　かんきょう

3. これから楊さんは陽奈さんに（　　）を教えます。
ヨウ　　　　ひな　　　　　　　　　　おし

    A 中国語　　　　　　　　　　　B 日本語
      ちゅうごく ご　　　　　　　　　にほん ご
    C 健康福祉　　　　　　　　　　D 環境
      けんこうふく し　　　　　　　　かんきょう

4. これから楊さんは陽奈さんに（　　）を習います。
ヨウ　　　　ひな　　　　　　　　　　なら

    A 中国語　　　　　　　　　　　B 日本語
      ちゅうごく ご　　　　　　　　　にほん ご
    C 健康福祉　　　　　　　　　　D 環境
      けんこうふく し　　　　　　　　かんきょう

II インタビュー（聞いて答えよう）002
き　こた

1.

→

2.

→

3.

→

4.

→

発話表現 🎧003

絵を見てください。こんなとき、何と言いますか。
え　み　　　　　　　　　　　　　　　　なん　い

キーセンテンス 🎧004

1 〜と申します。
　　　　もう

敝性〜。

當對方不知道說話者姓名時，說話者在說明自己姓名時的禮貌用法。但如果對方
是自己認識的人，已經知道自己的姓名時，則不可以使用。

2 〜を専攻しています。
　　　　せんこう

主修（專攻）〜。

介紹自己專長或專業時的用語。

文型と練習

I A：〜って（何ですか）？
　　B：〜のことです。

　　　　　　　　　　　A：〜是（指什麼）？
　　　　　　　　　　　B：是指〜。

🎧005　↳ 用於詢問自己不懂的單字或事物等。

【例】A：（ 外大 ）って何ですか？

　　　B：外国語大学のことです。

①　A：生中って（何ですか）？

　　B：中ジョッキの（　　　　）のことです。

大　　中　　小

②　A：（　　　　）って（何ですか）？

　　　大阪の駅弁ですか。

　　B：いいえ、大阪の言葉のことです。

2 ～中
ちゅう

正在～期間

006 ➥ 表正在做什麼，或某狀態正在持續過程中之意。

【例】A：チョコレートはいかがですか。
れい

B：結構です。（ ダイエット ） 中なので。
けっこう ちゅう

① （工事現場で）
こう じ げん ば

警備員：（ 　　　　 ） 中だから、入ってはいけません。
けい び いん ちゅう はい

通行人：あ、すみません。
つうこうにん

② A：はい、三和銀行大久保支店です。
さん わ ぎんこうおお く ぼ し てん

B：新宿支店の小林と申します。田中さんをお願いします。
しんじゅく し てん こ ばやし もう た なか ねが

A：申し訳ありませんが、田中は（ 　　　　 ）です。
もう わけ た なか

B：そうですか。高橋さんはいらっしゃいますか。
たかはし

A：あいにく、（ 　　　　 ）ですが……。

B：では、また電話します。
でん わ

A：申し訳ありません。よろしくお願いします。
もう わけ ねが

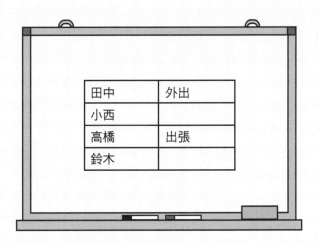

田中	外出
小西	
高橋	出張
鈴木	

3 〜たら〜てくれませんか　　　　　　如果〜的話，可否〜。

007 ➡ 向對方表示請求或勸誘時，有禮貌地詢問對方是否方便的慣用句型。前句的（〜たら）有類似開場白的功能。

【例】A：田中さんが（　来　）たら、この書類を（　渡し　）てくれませんか。

　　　B：はい、わかりました。

① A：今の説明、わからなかった人がいますか。

　　B：はい。ちょっとわかりませんでした。（　　　　）たら、もう一度（　　　　）てくれませんか。

💡 できる・説明する

② A：間違いが（　　　　）たら、（　　　　）てくれませんか。

　　B：特にないと思います。

💡 ある・言う

もっと知りたい

1 いえ

　和「いいえ」意思相同。但日常會話中常用「いえ」。

2 よろしくお願いします

　「よろしくお願いします」除了是初次見面的寒暄用語之外，還常用於下列情況：

　　① 有事情拜託別人時

　　② 恭賀新禧時，也是賀年卡的書信用語。

　　③ 學生繳交作業報告給老師

　　④ 選舉候選人發表政見時

　　⑤ 拜託書寫推薦函時

　　⑥ 在路上向過往行人分發廣告時

会話2 友人紹介 🎧 008

陽菜：おはようございます。楊さん。

楊　：あ、陽菜さん、おはよう。

陽菜：楊さん、こちらはモリくんです。クラスメートです。

モリ：はじめまして。ダビド・モリです。モリと呼んでください。

陽菜：こちらは楊さん。

楊　：楊と申します。どうぞよろしく。

モリ：楊さんはどちらから来ましたか。

楊　：台湾です。

モリ：台湾ですか。

楊　：モリくんは日本人ですか？

モリ：いいえ、日本人じゃありません。

楊　：ああ、そうですか。失礼しました。日本人じゃありませんか。

モリ：ええ、ペルー出身の日系3世です。

楊　：へえ、ペルーですか。南アメリカ、遠いですね。

モリ：そうですね。

陽菜：モリくん、台湾の食べ物はおいしいそうですよ。
ひな　　　　　　たいわん　た　もの

モリ：へえ、食べたいです。
　　　　　　　　た

陽菜：この近くに台湾料理のレストランがありますよ。
ひな　　　　ちか　　たいわんりょうり

楊　：あ、知っています。あそこの料理、おいしいですよ。
ヨウ　　　　　し　　　　　　　　　　　りょうり

モリ：そうですか。じゃ、お昼、一緒に食べに行きませんか？
　　　　　　　　　　　　　　ひる　いっしょ　た　　　い

陽菜：いいですね。
ひな

楊　：行きましょう。
ヨウ　　い

会話文の確認

I 内容質問
ないようしつもん

1. （　　）話しています。
はな

　　A 朝　　　　　　　　　　　　　　B 昼
　　　あさ　　　　　　　　　　　　　　　ひる
　　C 夜
　　　よる

2. モリくんは（　　）のクラスメートです。

　　A 陽菜さん　　　　　　　　　　　B 楊さん
　　　ひ な　　　　　　　　　　　　　　ヨウ
　　C 楊さんと陽菜さん
　　　ヨウ　　　　ひ な

3. モリくんは（　　）出身です。
　　　　　　　　　　　しゅっしん

　　A 中国　　　　　　　　　　　　　B 台湾
　　　ちゅうごく　　　　　　　　　　　　たいわん
　　C 日本　　　　　　　　　　　　　D ペルー
　　　にほん

4. 3人はこれから（　　）料理を食べに行きます。
　　　にん　　　　　　　　　りょうり　た　　　い

　　A 中国　　　　　　　　　　　　　B 台湾
　　　ちゅうごく　　　　　　　　　　　　たいわん
　　C 日本　　　　　　　　　　　　　D ペルー
　　　にほん

II インタビュー（聞いて答えよう）🎧 009
き　　こた

1.
→

2.
→

3.
→

4.
→

発話表現 🎧010

絵を見てください。こんなとき、何と言いますか。
え み　　　　　　　　　　　　　 なん い

キーセンテンス 🎧011

1 ▶ こちらは～です。

這位是～。

在此是介紹他人時的客氣用語，而非表方向的用法。

2 ▶ ～と呼んでください。
　　　　　　　よ

請稱呼（叫）我～。

希望他人如何稱呼自己時的常用句。

文型と練習

1 ～そうです（伝聞）　　　　　　　　　　聽說～、據說～

🎧012 ➡ 前接普通形。表示該訊息不是自己直接獲得，而是間接聽說的。

【例】A：あの人は留学生ですか。

B：いいえ、留学生ではなくて（ 研修生だ ）そうです。

① A：今年の夏は（　　　　）そうです。

B：じゃ、ビールが売れないかもしれませんね。

② A：昔はこの辺りは（　　　　）そうですね。

B：ええ、昔は野菜を作っていましたが、今では全部道路になってしまいました。

💡 畑
はたけ

③ A：あっ、曇ってきましたね。

B：天気予報によると、午後から雨が（　　　　）そうです。

2 A：～ませんか。　　　　　　　　　　A：要不要一起～？
　 B：～ましょう。　　　　　　　　　　B：一起～吧。

🎧013 ➡ 「～ませんか」邀約對方和自己一起行動或建議時的說法。

　　「～ましょう」接受邀約，願意一起去做～。

【例】A：Bさん、お酒を飲みに（ 行き ）ませんか。

B：いいですね。（ 行き ）ましょう。

① A：こんど一緒にお花見に（　　　　）ませんか。

B：いいですね。（　　　　）ましょう。

② A：疲れました。ちょっとここで（　　　　）ませんか。

B：ええ。そう（　　　　）ましょう。

③ A：明日は母の日ですね。新宿で一緒にプレゼントを（　　　　）ませんか。

B：ええ。じゃ、9時半に新宿駅の西口で（　　　　）ましょう。

もっと知りたい

1 おはよう（おはようございます）

「おはよう」用於家人、晚輩或非常親近的朋友。「おはようございます」則用於師長、上司或不太熟的人等。會話文中的楊さん因為陽菜さん是晚輩，所以用「おはよう」。

2 失礼しました（すみません／ごめんなさい）
しつれい

「失礼しました」、「すみません」、「ごめんなさい」都是道歉用語，
しつれい
但這 3 句中以「失礼しました」最為鄭重有禮貌，其次是「すみません」。平
しつれい
常會話中對長上或不太熟識的人多用「失礼しました」、「すみません」，而
しつれい
「ごめんなさい」則用於平輩或晚輩。另外，日本人接受對方好意時，也使用
「すみません」表示道謝。

3 日系 3 世
にっけい　せい

從日本移民／移住到國外的日本人的第三代。第三代的小孩為「4 世」、
孫子為「5 世」。

会話3 大勢の人の前で 🎧 014

陽菜：ここあさん。あそこですよ、漫研の部室。

ここあ：あ、見えました。「漫画研究部」と書いてありますね。

陽菜：ここあさん、日本語で自己紹介したことがありますか？

ここあ：はい、あります。でも、大勢の人の前は、緊張します。

陽菜：留学生の部員は初めてだから、皆楽しみにしていますよ。

ここあ：部員は全部で何人ぐらいいるんですか？

陽菜：今は、30人ぐらいだと思います。

ここあ：へえ、多いですね。やっぱり緊張します。

　　　　陽菜さん、私の隣にいてくれますか。

陽菜：もちろん！隣にいますから、リラックスして自己紹介し

　　　　てください。

ここあ：ありがとうございます。

陽菜：はい。じゃ、入りましょう！

・・・・・・・・・・・・・・・・・・・・・・・・・・・・・・

陽菜 ：皆さん、ご静粛に願います。ご紹介します。
ひな　　　みな　　　せいしゅく　ねが　　　　　　しょうかい

　　　　台湾から来た王さんです。
　　　　たいわん　　き　オウ

ここあ：はじめまして。王心愛と言います。
　　　　　　　　　　　　オウシンアイ　　い

　　　　王は王様の王、心愛の漢字は、心と愛です。
　　　　オウ　おうさま　おう　シンアイ　かんじ　　こころ　あい

　　　　日本語で「ここあ」と呼んでください。
　　　　にほんご　　　　　　　　　よ

　　　　でも、飲み物の「ココア」じゃありませんよ。
　　　　　　　の　もの

　　　　心に愛がある「ここあ」です。
　　　　こころ　あい

　　　　日本の漫画が大好きです。
　　　　にほん　まんが　だいす

　　　　これからどうぞよろしくお願いします。
　　　　　　　　　　　　　　　　ねが

会話文の確認

I 内容質問

1. ここあさんは（　　）自己紹介をしますから、緊張しました。

   A 初めて　　　　　　　　　　　B 留学生の前で

   C 大勢の人の前で　　　　　　　D 先生の前で

2. 漫研の留学生の部員はここあさんが（　　）目です。

   A １人　　　　　　　　　　　　B ２人

   C ３人　　　　　　　　　　　　D ４人

3. ここあさんの名前は漢字で（　　）です。

   A 心亜　　　　　　　　　　　　B 心愛

   C 子子亜　　　　　　　　　　　D 子子愛

4. ここあさんは（　　）が大好きです。

   A 自己紹介　　　　　　　　　　B ココア

   C 漫画の研究　　　　　　　　　D 日本の漫画

II インタビュー（聞いて答えよう）🎧 015

1.

　→

2.

　→

3.

　→

4.

　→

発話表現 🎧016

絵を見てください。こんなとき、何と言いますか。
え　み　　　　　　　　　　　　　　　　　なん　い

キーセンテンス 🎧017

1 ご静粛に願います。
　　せいしゅく　ねが
　　請安靜。

有事宣布希望大家安靜聆聽時的客氣用語。

文型と練習

1 ～てあります（状態）　　　　　　　　　　有～著。

🎧018 ➥ 表示「動作行為的結果存在的狀態」的意思。

【例】Ａ：ここのトイレ、壁に絵が（ かけ ）てありますね。

　　　Ｂ：ええ、おもしろい絵ですね。

① Ａ：あれ、今日は休みでしょうか？

　　Ｂ：いいえ。ほら！店のドアに「営業中」の紙が（　　　）て

　　　ありますよ。

💡貼る
　は

② Ａ：これは誰のですか。

　　Ｂ：あっ、裏に名前が（　　　）てありますよ。田中さんのです。

2 ～たことがあります　　　　　　　　　　過去曾經～、有過～過。

🎧019 ➥ 表示經驗的有無，做過的事距今已經有段時間了。

【例】Ａ：Ｂさんは北海道へ（ 行った ）ことがありますか？

　　　Ｂ：はい、一度あります。

① Ａ：相撲を（　　　）ことがありますか。

　　Ｂ：いいえ、一度もありませんが、おもしろいそうですね。

② Ａ：Ｂさんは富士山に（　　　）ことがありますか。

　　Ｂ：いいえ、私はありません。田中さんはあるそうですよ。

3 〜てくれます　　　　　　　　　　對方給予我〜、幫我〜。

020 ➦ 對方幫我做〜、對方主動為我做〜，主語是其他人。

【例】A：知らない人が自転車を（　直し　）てくれました。
れい　　　し　　ひと　　じてんしゃ　　なお

　　　B：よかったですね。

① A：日本では冷蔵庫を買ったら、家まで（　　　　　）てくれますか？
にほん　　れいぞうこ　か　　　　　いえ

　　B：ええ、もちろん。

💡 運ぶ
はこ

② A：迷いませんでしたか？
まよ

　　B：ええ。案内所の人が（　　　　　）てくれましたから。
あんないじょ　ひと

💡 案内する
あんない

もっと知りたい

Ⅰ クラブ活動とサークル
かつどう

　　小羣組（サークル）與學生社團（クラブ活動）最大的不同，在於小羣組
かつどう
是學生自主性經營的團體，而社團則是校方認定的學生團體。

　　社團和國中、高中時代的課外活動一樣，會有顧問講師，由大學支付活動
費用。此外，體育性社團・學藝性社團都會派學生參加正式的比賽或選拔賽，
所以多數社團都有嚴格的訓練活動。原則上，各大學每一種項目只能設置一個
社團。例如：硬式網球社（硬式テニス部），每所大學都只能設置一個。
こうしき　　　　ぶ

　　另一方面，小羣組完全由學生自主管理，所以沒有顧問講師。原則上活
動花費由參加的學生分擔。其中也有大學認可的小羣組，可以得到校方經費補
助。其訓練並不嚴格，即使是會員，也是隨時都可參加訓練或相關活動。其中
甚至有些會員只有在聚會時才會露臉。

会話4　友達の家を訪問する　🎧021

ここあ：（ピンポーン）ごめんください。

陽菜：はい、どなたですか。

ここあ：王ですが…。

陽菜：あ、ここあさん、ちょっとお待ちください。

・・・・・・・・・・・・・・・・・・・・・・・・・・・・

陽菜：いらっしゃい。どうぞ、お上がりください。

ここあ：お邪魔します。

陽菜：こちらへどうぞ。道に迷いませんでしたか？

ここあ　：はい。陽菜さんに書いてもらった地図があったので。
　　　　　　ひな　　　　　　か　　　　　　ちず

陽菜　　：あ、そうでしたね。じゃ、そちらにお座りください。
ひな　　　　　　　　　　　　　　　　　　　　　すわ

ここあ　：はい。ありがとうございます。

陽菜　　：ここあさん、母です。
ひな　　　　　　　　　　　はは

ここあ　：初めまして。王です。
　　　　　　はじ　　　　　オウ

陽菜の母：陽菜がいつもお世話になっております。
ひな　はは　ひな　　　　　せわ

ここあ　：いえ。こちらこそ。陽菜さんには色々教えてもらって
　　　　　　　　　　　　　　　　　　ひな　　　　いろいろおし

　　　　　　います。

波奈　　：こんにちは。
はな

陽菜　　：あ、姉です。
ひな　　　　あね

ここあ　：あ、こんにちは。お邪魔しています。
　　　　　　　　　　　　　　じゃま

波奈　　：どうぞ、ごゆっくり。
はな

ここあ　：ありがとうございます。

・・・・・・・・・・・・・・・・・・・・・・・・・・・・・・・・・・・

ここあ　：あ、もうこんな時間ですね。そろそろ失礼します。
　　　　　　　　　　　　じかん　　　　　　　　しつれい

陽菜　　：えっ、そうですか。じゃ、また来てくださいね。
ひな　　　　　　　　　　　　　　　　　　き

ここあ　：はい、ありがとうございます。お邪魔しました。
　　　　　　　　　　　　　　　　　　　　じゃま

陽菜　　：じゃ、気をつけて。
ひな　　　　き

会話文の確認

Ⅰ 内容質問
（ないようしつもん）

1. ここあさんは（　　）へ行きました。
（い）

A 陽菜さんの教室
（ひな）（きょうしつ）

B 陽菜さんの家
（ひな）（いえ）

C ここあさんの教室
（きょうしつ）

D ここあさんの家
（いえ）

2. 陽菜さんはここあさんに地図を（　　）あげました。
（ひな）（ちず）

A かいて

B かって

C かりて

D かけて

3. ここあさんは地図がありましたから、目的地までの（　　）がわ
（ちず）（もくてきち）
かりました。

A 気温
（きおん）

B 行き方
（いかた）

C 天気
（てんき）

D 時間
（じかん）

4. ここあさんは陽菜さんのお母さんと（　　）に会いました。
（ひな）（かあ）（あ）

A おとうとさん

B いもうとさん

C おにいさん

D おねえさん

Ⅱ インタビュー（聞いて答えよう）🎧 022
（き）（こた）

1.

→

2.

→

3.

→

4.

→

発話表現 🎧 023

絵を見てください。こんなとき、何と言いますか。
え　　み　　　　　　　　　　　なん　い

キーセンテンス 🎧 024

1 ごめんください。

有人在嗎？我可以進來嗎？

（敲門時）在門外的用語。或是一面按電鈴一面說此句。或是宅急便一面拉開對方的大門，一面說此句。

2 いらっしゃい。

歡迎您來（我家）。

有訪客來時的招呼用語。

3 またいらっしゃってね。

歡迎您再來。

當訪客要離開時，希望對方再次來訪時的招呼用語。

文型と練習

1 ～てもらいます

某人幫我～、
我拜託某人幫我～。

025 ➜ 請求某人幫自己做某動作。

基本用法：「主詞」は「對象」に「動詞て形」＋もらう

【例】A：明日私は田中さんにギターの弾き方を（ 教え ）てもらいます。

B：ああ、田中さん、上手ですからね。

① A：出張の準備はもうできましたか？

B：新幹線の切符は買いましたが、ホテルはまだです。旅行社の人にホテルを（　　　　）てもらいます。

② （二人は外で昼ごはんを食べている）

A：あれ、雨ですね！

B：店の人に傘を（　　　　）てもらいましょう。

2 ～ので

因為～，所以～。

026 ➜ 表示原因、理由。一般多用於對因果關係做客觀的認定，以描述客觀的事實或客觀推測為主。前接普通形。

【例】A：もう7月ですね。

B：ええ、（ 暑く ）なったので、蚊も多くなりましたね。

① A：Bさん、飲みに行きませんか？

B：すみません。今日は、用事が（　　　　）ので、お先に失礼します。

② A：遅かったですね。どうしたんですか？

B：すみません。バスが（　　　　）ので、遅刻しました。

3 お～ください　　　　　　　　　　　　請您～、拜託您～。

🎧 027 ➥ お＋動詞ます形＋ください。拜託對方做某事時的句型表現。比「～てください」禮貌、有敬意。

【例】（駅での放送）
れい　　　えき　　ほうそう

　　まもなく三番線に電車がまいります。危ないですから、黄色い
　　　　　　さんばんせん　でんしゃ　　　　　あぶ　　　　　　　　　き いろ

　　線までお（ 下がり ）ください。
　　せん　　　　さ

① お化け屋敷の係員：あちらからお（　　　　）ください。
　　ば やしき かかりいん

　　客　　　　　　　：あっちが入口ですね。
　　きゃく　　　　　　　　　　　いりぐち

② A：田中さん、花子さん、ご結婚25周年おめでとうございます。
　　　たなか　　はなこ　　　けっこん しゅうねん

　　　これからも健康に気をつけて、お二人で人生を楽しみながら、
　　　　　　　けんこう き　　　　　　　ふたり　じんせい　たの

　　　30周年、50周年をお（　　　　）ください。乾杯！
　　　しゅうねん　しゅうねん　　　　　　　　　かんぱい

　　皆：乾杯！
　　みんな　かんぱい

もっと知りたい

1 お上がりください（お入りください）／日本の家について

「お上がりください」、「お入りください」都是用於歡迎訪客入內時的用語。

日本的房子一進門會有個玄關，與屋內有個高低差，住居部份的高度會設計較高。因此入內時，會說「お上がりください」（由「上がります」變化而來）。但是進入像上司辦公室或各處室等沒高低差的房間時，多用「お入りください」（由「はいります」變化而來）。

2 おじゃまします（おじゃましています／おじゃましました）。

①「おじゃまします」是拜訪別人家裡要入內時的招呼語。

②「おじゃましています」是遇到拜訪家庭的其他家人時的招呼用語。

③「おじゃましました」是要離開對方家時的招呼用語。

3 お座りください（お掛けください）

「お座りください」、「お掛けください」都是請對方坐下時的用語。但「お座りください」是用於椅子或榻榻米等席地而坐方面，「お掛けください」只能用於椅子。

👥 シャドーイング

ステップ 1　🎧 028

1. ➡
2. ➡
3. ➡
4. ➡
5. ➡

ステップ 2　🎧 029

1. ➡
2. ➡
3. ➡

ステップ 3　🎧 030

1. ➡

👥 ロールプレイ

1. あなたは留学生歓迎パーティーに参加しました。そこで日本人の女性に話
   _{りゅうがくせいかんげい}　　　　　　　_{さんか}　　　　　　_{にほんじん}　_{じょせい}　_{はな}
   しかけました。　お互いに自己紹介をしましょう。
   　　　　　　　　　_{たが}　　_{じこしょうかい}

2. A さん、B さん、C さんが国際交流パーティーの会場にいます。A さんは
   　　　　　　　　　　　　　_{こくさいこうりゅう}　　　　　　_{かいじょう}
   B さんも C さんも知っていますが、B さんと C さんは今日初めて会いま
   した。3 人が楽しく話ができるように紹介をしましょう。
   　　_{にん}　_{たの}　　_{はなし}　　　　　　　　_{しょうかい}

👥 会話スキルアップ 🎧031

| 同じ名字や名前の人が2人いるとき、どう呼びますか。
<small>おな　みょうじ　なまえ　ひと　ふたり　　　　　　　よ</small>

(1) 所属で言います。
<small>しょぞく　い</small>

　　① Aクラスの山田くんです。Bクラスの山田くんです。
<small>やまだ　　　　　　　　　　やまだ</small>

　　② 総務課の田中さんです。経理課の田中さんです。
<small>そうむか　たなか　　　　　けいりか　たなか</small>

(2) 下の名前を言います。
<small>した　なまえ　い</small>

　　① 山田太郎くんです。山田次郎くんです。
<small>やまだ たろう　　　　　やまだ じろう</small>

2 名前に何か意味がありますか。
<small>なまえ　なに　いみ</small>

(1) 元太：元気に育ってねという意味。
<small>げんた　げんき　そだ　　　　　　　いみ</small>

(2) 春美：春に咲いているきれいな花。
<small>はるみ　はる　さ　　　　　　　　はな</small>

3 名前や出身地について説明する。
<small>なまえ　しゅっしんち　　　　せつめい</small>

(1) 名前
<small>なまえ</small>

　　① 楊：楊貴妃の楊です。
<small>ヨウ　ヨウキ ヒ　ヨウ</small>

　　② 洪：洪水の洪です。
<small>コウ　こうずい　コウ</small>

　　③ PAUL：ボールペンのボールじゃなくて、ぱぴぷぺぽのポールです。

(2) 出身地
<small>しゅっしんち</small>

　　① 台東：台湾の東にあるので、台東です。
<small>たいとう　たいわん　ひがし　　　　　　たいとう</small>

　　② 花蓮：蓮の花を反対に言えば花蓮になります。
<small>かれん　はす　はな　はんたい　い　　かれん</small>

2 買い物
か　　もの

ウォーミングアップ

① 食べ物や飲み物を買うとき、どこで買います
た　もの　の　もの　か　　　　　　　　　　　　か
か？服や靴を買うときは？
ふく　くつ　か

② どんなとき、プレゼントを買いますか？どんな
か
物を贈りますか？
もの　おく

会話1 靴屋で  032

店員 (てんいん)：いらっしゃいませ。

楊 (ヨウ)：これは日本の靴 (にほん くつ) ですか。

店員 (てんいん)：はい、日本製 (にほん せい) でございます。

楊 (ヨウ)：いくらですか。

店員 (てんいん)：12,000 円 (えん) です。

楊 (ヨウ)：ちょっと高い (たか) ですね。もう少し安い (すこ やす) のはありませんか。

店員 (てんいん)：では、これはいかがですか。9,800 円 (えん) です。

楊 (ヨウ)：いいですね。履いて (は) みてもいいですか。

店員 (てんいん)：ええ、どうぞ。

楊 (ヨウ)：ちょっと小さい (ちい) ですね。もっと大きい (おお) のはありませんか。

店員 (てんいん)：はい、少々 (しょうしょう) お待ち (ま) ください。

店員：お待たせしました。これはいかがですか。
てんいん　　　ま

楊　：ちょうどいいです。じゃ、これをください。
ヨウ

店員：はい、ありがとうございます。
てんいん

楊　：すみません、（クレジット）カードが使えますか。
ヨウ　　　　　　　　　　　　　　　　　　つか

店員：はい。こちらへどうぞ。
てんいん

楊　：じゃ、これでお願いします。
ヨウ　　　　　　　ねが

店員：かしこまりました。では、こちらにサインをお願いいたし
てんいん　　　　　　　　　　　　　　　　　　　　　　　　ねが
　　　ます。

楊　：はい。（サインをする）
ヨウ

店員：ありがとうございました。
てんいん

会話文の確認

I 内容質問
ないようしつもん

1. 楊さんは（　　）円の靴を買いました。
   ヨウ　　　　　　　　　　　　えん　くつ　か

   A 8,900　　　　　　　　　　　B 9,800

   C 12,000　　　　　　　　　　 D 21,000

2. 楊さんは（　　）で払いました。
   ヨウ　　　　　　　　　はら

   A 商品券　　　　　　　　　　　B 現金
   　 しょうひんけん　　　　　　　　　 げんきん

   C クレジットカード

3. 楊さんが買った靴は（　　）のです。
   ヨウ　　　　か　　　くつ

   A イタリア　　　　　　　　　　B 台湾
   　　　　　　　　　　　　　　　　 たいわん

   C アメリカ　　　　　　　　　　D 日本
   　　　　　　　　　　　　　　　　 にほん

4. 楊さんはお金を払う前に靴を（　　）回履いてみました。
   ヨウ　　　　かね　はら　まえ　くつ　　　　　　 かい は

   A 1　　　　　　　　　　　　　 B 2

   C 3　　　　　　　　　　　　　 D 4

II インタビュー（聞いて答えよう）033
　　　　　　　　　 き　こた

1.

→

2.

→

3.

→

4.

→

発話表現 🎧034

絵を見てください。こんなとき、何と言いますか。
え　み　　　　　　　　　　　　　　　なん　い

キーセンテンス 🎧035

1 もう少し安いのはありませんか。
　　すこ　やす

有沒有再便宜一點的呢？

購物時覺得價錢太貴，詢問能否有價錢低一點選擇的用語。

2 もっと大きいのはありませんか。
　　　　おお

有沒有較大一點的呢？

尺寸不合，詢問是否有大一點尺寸的用語。

3 これをください。

請給我這個。

決定購買時，告知商家決定的常用句。

49

文型と練習

1 ～てみてもいいです　　　　　　　　　可以試～看看。

(036) ➥ 「～てみる」＋「～てもいい」兩句型合併使用。

「～てみる」表為了了解某事、物、地而採取的實際行動。

「～てもいい」表許可、允許之意。

【例】客　：この眼鏡、ここで（かけ）てみてもいいですか？
　　れい　きゃく　　　　　　めがね

　　　店員：もちろんどうぞ！
　　　てんいん

① 客　：ちょっとこのスカートを（　　　　）てみてもいいですか。
　 きゃく

　　店員：はい、こちらでどうぞ。
　　てんいん

② 客　：すみませんが、そのワンピースを（　　　　）てみてもい
　 きゃく

　　　　いですか。

　　店員：はい。試着室はこちらです。
　　てんいん　　　しちゃくしつ

③ 客　：この雛人形、ちょっと（　　　　）てみてもいいでしょうか。
　 きゃく　　　ひなにんぎょう

　　店員：すみません。こちらの人形はちょっと…。
　　てんいん　　　　　　　　にんぎょう

💡 触る
　　さわ

2 使えます（可能動詞）　　　　　　　　會～、可以～。
　　つか　　　　かのうどうし

(037) ➥ 可能動詞。

可能動詞の作り方
　　かのうどうし　つく　かた

グループ１	
使う→使える	あいうえお
話す→話せる	さしすせそ
飲む→飲める	まみむめも
飛ぶ→飛べる	ばびぶべぼ
書く→書ける	かきくけこ

グループⅡ
食べる＋られる→食べられる た　　　　　　　た
起きる＋られる→起きられる お　　　　　　　お
グループⅢ
来る→来られる く　　こ
する→できる
運転する→運転できる うんてん　　うんてん

【例】客　：支払いはカードでお願いします。
　れい　きゃく　　し はら　　　　　　　　　ねが

　　　店員：かしこまりました。お客さま、こちらのカードは（ 使え
　　　てんいん　　　　　　　　　　　きゃく　　　　　　　　　　　つか
　　　ない ）ようですが……。

　　　客　：えっ、うそ！じゃ、現金で払います。
　　　きゃく　　　　　　　　　　げんきん　はら

① A：Bさん、その本は難しいでしょう？
　　　　　　　　ほん　むずか

　　B：はい。この本は専門用語が多いので、難しくて（　　　　）。
　　　　　　　ほん　せんもんようご　おお　　　　むずか

💡 読む
　よ

② A：こんなにたくさん、一人では（　　　　）。
　　　　　　　　　　　　　ひとり

　　B：じゃ、手伝いましょう。
　　　　　　てつだ

💡 食べる
　た

③ A：終わった！さあ、帰りましょう。
　　　お　　　　　　　かえ

　　B：今日はいつもより早く家へ（　　　　）ますね。
　　　　きょう　　　　　　はや　いえ

💡 帰る
　かえ

も っと知りたい

Ⅰ　日本の靴屋にある靴のサイズ
　　にほん　くつや　　　くつ

　　　日本鞋店販售的鞋子尺碼，一般來說女鞋是 22.5 ㎝～24.5 ㎝，而男鞋則是 25 ㎝～28 ㎝。也有店家販售較小或較大尺碼的鞋子，不過由於門市不太好找或鞋款選擇較少。最近利用網購的人也不少。

会話2 薬局で 🎧038

店員　：いらっしゃいませ。

ここあ：あのう、風邪の薬をください。

店員　：風邪ですか。熱がありますか。

ここあ：はい、熱があります。それから、のども痛いんです。

店員　：じゃ、この薬はどうですか。熱があるときやのどが痛い
　　　　とき、飲む薬です。

ここあ：そうですか。じゃ、それをください。

店員　：はい、ありがとうございます。これは朝と晩に飲んでく
　　　　ださい。昼は飲まなくてもいいです。

ここあ：わかりました。それから、マスクがありますか？

店員：はい。そちらにありますよ。
てんいん

ここあ：色々ありますね。どれがいいでしょうか？
　　　　いろいろ

店員：この10枚入りのがいいと思います。
てんいん　　　まい　い　　　　　おも

ここあ：じゃ、それもお願いします。
　　　　　　　　　　　ねが

店員：はい。このシロップもどうですか。のどにいいですよ。
てんいん

ここあ：そうですか。じゃ、それも。

店員：はい。全部で1,530円です。
てんいん　　ぜん ぶ　　　　　えん

ここあ：はい。

店員：2,000円お預かりします。470円のお返しです。お大事に。
てんいん　　　えん　あず　　　　　　　　えん　　かえ　　　　　だい じ

ここあ：ありがとうございました。

会話文の確認

Ⅰ 内容質問

1. ここあさんは（　　）を買いました。

   A 風邪の薬　　　　　　　　　　B シロップ

   C 風邪の薬とシロップ

2. 風邪の薬は（　　）に飲みます。

   A 朝と昼　　　　　　　　　　　B 昼と晩

   C 朝と晩　　　　　　　　　　　D 朝と昼と晩

3. ここあさんは（　　）です。

   A 熱があってのども痛い　　　　B のどが痛いだけ

   C 熱があるだけ　　　　　　　　D のどが痛くない

4. ここあさんは全部で（　　）円払いました。

   A 1,530　　　　　　　　　　　　B 2,000

   C 470　　　　　　　　　　　　　D 1,470

Ⅱ インタビュー（聞いて答えよう）039

1.

→

2.

→

3.

→

4.

→

 発 話 表現 🎧040

絵を見てください。こんなとき、何と言いますか。
え み なん い

キ ーセンテンス 🎧041

1 どれがいいでしょうか。

哪個較好呢？

有三個選項以上而無法決定時，詢問對方意見的常用句。

2 ～お預かりします。
あず

收您～。

店家收到客人所交付的錢或東西時，常用的慣用語。

3 ～のお返しです。
かえ

找您～。

常用於店家找錢時的慣用語，或對於他人的祝賀或好意，表達謝意的回禮之用語。

文 型と練習

１ 〜んです   （因為）是〜、〜的。

042 ➡ 前接常體普通形。

用於：（１）確認對自己的所見所聞作的判斷。

（２）說明自己的狀況和理由。

（３）要求對方加以說明等情況。

【例1】 Ａ：Ｂさん、これ、福岡のお土産です。

Ｂ：そうですか。福岡に（ 行った ）んですね。

【例2】 Ａ：Ｂさん、こんな時間にどこへ（ 行く ）んですか。もう遅
いですよ。

Ｂ：ちょっとコンビニへ。

① Ａ：Ｂさん、おはようございます。今日は早いですね。

Ｂ：ええ、8時の飛行機に（   ）んです。

② Ａ：あれ、ケーキを食べないんですね。（   ）んですか。

Ｂ：いえ、最後にゆっくり（   ）たいんです。

💡 嫌い、食べる

③ Ａ：ビールはいかがですか。

Ｂ：すみません。今日は車で（   ）んです。

２ 〜とき   〜的時候。

043 ➡ 「〜とき」接「動詞原形」表與此同時並行發生或「〜とき」之前的情況
尚未發生。接動詞「た形」表「〜とき」的情況已發生或完成。

【例】 Ａ：ご飯を（ 食べる ）とき、何と言いますか。

Ｂ：ご飯を（ 食べる ）とき、「いただきます」と言います。

Ａ：じゃ、ご飯を（ 食べた ）ときは？

Ｂ：ご飯を（ 食べた ）とき、「ごちそうさま」と言います。

① A：（　　　　）ときは、すぐ火を消してください。
　　　　　　　　　　　　　　　　　　　ひ　け
　B：はい、わかりました。

💡 地震だ
　　じ　しん

② A：（　　　　）とき、どんなことをしますか。
　B：（　　　　）とき、ギターを弾きます。
　　　　　　　　　　　　　　　　　　ひ

💡 暇だ
　　ひま

③ A：（　　　　）とき、ホンコンに住んでいました。
　　　　　　　　　　　　　　　　　　　　　す
　B：私もです。（　　　　）とき、ホンコンに住んでいました。
　　　わたし　　　　　　　　　　　　　　　　　　　す

💡 小さい
　　ちい

3　～にいいです　　　　　　　　　　　　有益於～。

044 ➡ 有益於～方面。

【例】A：このシロップは（ 喉 ）にいいそうですよ。
　れい　　　　　　　　　　　のど
　　　B：じゃ、買ってみます。
　　　　　　　　か

① A：私は魚があまり好きじゃないんです。
　　　わたし　さかな　　　　す
　B：え？魚は（　　　　）にいいですよ。
　　　　　さかな

💡 体だ
　　からだ

② A：Bさんは肌がきれいですね。何かしているんですか。
　　　　　　　はだ　　　　　　　　なに
　B：ええ、よく豚足を食べています。コラーゲンが多いから
　　　　　　とんそく　た　　　　　　　　　　　おお
　　（　　　　）にいいと祖母から聞いたんです。
　　　　　　　　　　　　そぼ　き

も っ と 知 り た い

■ 風邪をひいたら
　　かぜ

　　在台灣民眾只要一感冒就會去醫院就診，而在日本像感冒這種小病大部分是在藥局自行購買成藥。台灣診所的夜診很普遍，但在日本除非是急診，不然幾乎沒有這種服務。還有，台灣的員工會為了看病而請假或早退去醫院，這在日本社會是非常少見的，所以在藥局購買成藥的居多。

会話3 果物屋で 🎧 045

店員：いらっしゃい！

楊：すみません。このぶどうはいくらですか。値段が付いていません。

店員：それは1パック300円です。2パックで、500円になります。今日のお買い得品ですよ。

楊：安いですね。この大きいぶどうも同じ値段ですか。

店員：いいえ、それは1パック500円です。

楊：えっ、500円？高い！でも、これのほうが大きくて、おいしそうですね。

店員：ええ、甘いですよ！

楊：じゃ、2つで、いくらになりますか？

店員：そうですね…、1000円！

楊：え？同じですか？

店員：ええ、今日入荷したものですからね。

楊：そうですか。じゃ、今日はお買い得品の、これ、2つお願いします。

店員：はい、ありがとうございます。
てんいん

　　　　明日青森のりんごが入荷する予定ですよ。
　　　　あした あおもり　　　　　　にゅう か　　　よ てい

楊　：あ、そうですか。もうりんごの季節ですか。
ヨウ　　　　　　　　　　　　　　　　　　　　きせつ

店員：ええ。ちょうど食べごろですね。
てんいん　　　　　　　　た

楊　：じゃ、また来ます。
ヨウ　　　　　　き

店員：はい、毎度あり！
てんいん　　　まい ど

会話文の確認

Ⅰ 内容質問
ないようしつもん

1. 楊さんは（　　）を買いました。
ヨウ　　　　　　　　か

　　Ａ １パック 300 円のぶどう　　　　　Ｂ １つ 300 円のりんご
　　　　ひと　　　　　えん　　　　　　　　　　ひと　　えん

　　Ｃ １パック 500 円のぶどう　　　　　Ｄ １つ 500 円のりんご
　　　　ひと　　　　　えん　　　　　　　　　　ひと　　えん

2. 今日のお買い得品は（　　）です。
きょう　　か　　どくひん

　　Ａ りんご　　　　　　　　　　　　　Ｂ ぶどう

　　Ｃ ぶどうとりんご

3. 今日入荷したのは（　　）です。
きょうにゅうか

　　Ａ １パック 300 円のぶどう　　　　　Ｂ １パック 500 円のぶどう
　　　　ひと　　　　　えん　　　　　　　　　　ひと　　　　　えん
　　Ｃ りんご

4. 明日入荷するのは（　　）です。
あした にゅうか

　　Ａ １パック 300 円のぶどう　　　　　Ｂ １パック 500 円のぶどう
　　　　ひと　　　　　えん　　　　　　　　　　ひと　　　　　えん
　　Ｃ りんご

Ⅱ インタビュー（聞いて答えよう）046
き　　こた

　　１.

　　→

　　２.

　　→

　　３.

　　→

　　４.

　　→

発話表現 🎧047

<ruby>絵<rt>え</rt></ruby>を<ruby>見<rt>み</rt></ruby>てください。こんなとき、<ruby>何<rt>なん</rt></ruby>と<ruby>言<rt>い</rt></ruby>いますか。

キーセンテンス 🎧048

|▶ ～で、いくらになりますか。

～（個）要多少錢呢？

希望能更划算時的詢價用語。

2▶ ～にします。

我要～。

表個人「決定」的意思

3▶ ～お<ruby>願<rt>ねが</rt></ruby>いします。

麻煩請給我～（個）。

決定購買時，告知商家決定的客套用句。

文型と練習

1 〜ています　　　　　　　　　　　　　　　〜著。

049 ➡ 表示動作或作用在某狀態下。

【例】Ａ：会議室の電気が（つい）ていますね。

Ｂ：そうですね。誰もいませんから、消しましょう。

① Ａ：あれ、ラーメン屋が（　　　　）ていません。

Ｂ：今日は定休日ですね。他へ行きましょう。

② Ａ：あれ、コピーできません。

Ｂ：あ、そのコピー機、（　　　　）ていますよ。

③ Ａ：あれ、おかしいですね。ちゃんと説明書を見てやっているん

ですが、プリントできませんね。

Ｂ：Ａさん、ほら！これ。線が（　　　　）ていませんよ。

💡 つながる

2 〜そうです（様態）　　　　　看起來好像〜似的、似乎〜。

050 ➡ 表樣態的助動詞。表示說話者根據自己的所見所聞所做的推測判斷。請注

意，接續上與表傳聞的「〜そうです」助動詞不同。

【例】Ａ：お腹がすいて、（死に）そうです！

Ｂ：落ち着いてください。レストランはすぐそこですよ。

① 客：これ、（　　　　）そうですね。これをください。

店員：はい、ありがとうございます。

💡 いい

② Ａ：あの店員は優しくて、（　　　　）そうな感じですね。

Ｂ：そうですね。それに、笑顔もいいですね。

💡 親切だ

③ Ａ：あ、黒い雲が出ていますよ。雨が（　　　　）そうですね。

Ｂ：そうですね。傘を持って行きましょうか。

3 **〜予定です**
よてい

我預定〜。

051 ➥ 表示已經確定會進行的計劃。

【例】Ａ：休日出勤しても残業代が出ないんです。だから、今の仕事
　　　きゅうじつしゅっきん　　ざんぎょうだい　て　　　　　　　　　　　　いま　しごと
　　　を（辞める）予定です。
　　　　　や　　　よてい

　　　Ｂ：それ、ブラック企業ですね。
　　　　　　　　　　　　　きぎょう

① ガイド：みなさん、これから明日のスケジュールを説明します。
　　　　　　　　　　　　　　あした　　　　　　　　　　せつめい

　　　　　出発時間は朝（　　　　　）予定です。
　　　　　しゅっぱつじかん　あさ　　　　　　　　よてい

　みんな：えーっ？早いですね！
　　　　　　　　　　はや

🔍 ７時半
　　じはん

② Ａ：国立大学を目指していますが、私立も（　　　　　）予定です。
　　　こくりつだいがく　めざ　　　　　　　　しりつ　　　　　　　　よてい

　　Ｂ：そうですか。準備が大変ですね。
　　　　　　　　　　　じゅんび　たいへん

🔵 もっと知りたい

Ｉ 生活スタイルの変化
　　　せいかつ　　　　　　へんか

　　因為生活型態改變，日本人已經越來越少在水果店或肉品店等地方購買東西。
以前大家族時代，可以由其他家人幫忙照顧小孩，母親便可安心外出購物。相對
於此，以小家庭為主的現今，則必須帶著小孩逛過一間又一間的店家，然後還得
提所買的東西回家，實在不是一件輕鬆的事。

　　最近出現不少大型超市、購物中心。所以即使帶小孩出門，因為賣場有停車
場，方便可以開車前往。由於聚集了各式各樣的店家，可讓購物一次搞定。因此，
越來越多人喜歡去這種應有盡有的大型店家購物。

会話4 デパートで 🎧052

モリ：すみません。このネックレスを見せ（み）てください。

店員（てんいん）：どれですか？

モリ：これです。右（みぎ）から3番目（ばんめ）の、この赤い（あか）のです。

店員（てんいん）：はい、少々（しょうしょう）お待ち（ま）ください。はい、どうぞ。

モリ：わあ、きれいですね！他（ほか）の色（いろ）もありますか？

店員（てんいん）：はい。水色（みずいろ）とピンクがございます。

モリ：えーと、8,000円（えん）ですか？

店員（てんいん）：いえ、こちらのケースの商品（しょうひん）はただ今（いま）1割引（わりびき）ですから、これは7,200円（えん）になります。

モリ：そうですか。

店員（てんいん）：こちらのネックレスも人気（にんき）がございますが。

モリ：あ、この青い（あお）のは、色（いろ）もきれいだし、形（かたち）もかわいいし、女（おんな）の子（こ）が好き（す）そうなデザインですね。

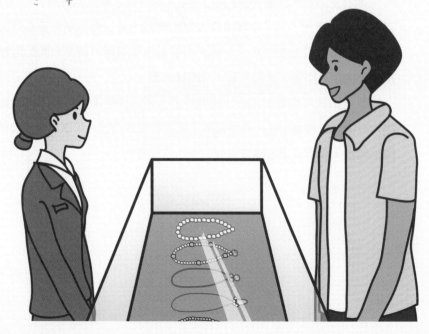

店員：他に、赤と紫がございます。
てんいん　ほか　あか　むらさき

モリ：そうですか。でも、こちらの青いのにします。
あお

　　　すみませんが、贈り物なので、ラッピングしてもらえますか。
おく　もの

店員：はい、かしこまりました。ホワイトデーですね？
てんいん

モリ：はい、まあ…。カードでお願いします。
ねが

店員：はい、かしこまりました。一括払いでしょうか、分割払い
てんいん　　　　　　　　　　　いっかつばら　　　　　　　ぶんかつばら

　　　でしょうか。

モリ：一括払いでお願いします。
いっかつばら　ねが

店員：はい、かしこまりました。
てんいん

・・・・・・・・・・・・・・・・・・・・・・・・・・・・・・・・・・・・・

店員：お待たせいたしました。どうもありがとうございました。
てんいん　ま

会話文の確認

Ⅰ 内容質問
ないようしつもん

1. モリくんが買ったネックレスは（　　）のです。
か

　A 赤　　　　　　　　　　　　　B 水色
　　あか　　　　　　　　　　　　　　みずいろ

　C ピンク　　　　　　　　　　　D 青
　　　　　　　　　　　　　　　　　　あお

2. モリくんは（　　）円払いました。
　　　　　　　　　えんはら

　A 9,000　　　　　　　　　　　B 8,000

　C 7,200　　　　　　　　　　　D 6,200

3. モリくんは（　　）で払いました。
　　　　　　　　　　はら

　A （カードの）分割払い　　　B （カードの）一括払い
　　　　　　　ぶんかつばら　　　　　　　　　　いっかつばら

　C 現金　　　　　　　　　　　D 商品券
　　げんきん　　　　　　　　　　　しょうひんけん

4. モリくんは商品を（　　）してもらいました。
　　　　　　　しょうひん

　A トッピング　　　　　　　　B ファイリング

　C カッピング　　　　　　　　D ラッピング

Ⅱ インタビュー（聞いて答えよう）🎧 053
　　　　　　　　　　き　こた

1.

→

2.

→

3.

→

4.

→

絵を見てください。こんなとき、何と言いますか。
え み　　　　　　　　　　　　　なん い

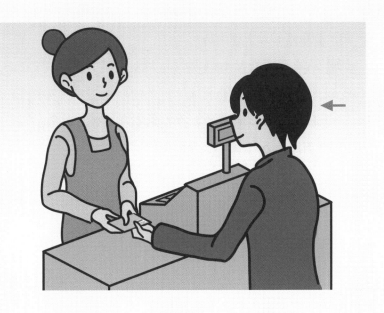

キーセンテンス 🎧055

1 ～を見せてください。
み
請給我看～。

購物時，因想要的物品無法取得，請商家拿過來的慣用語。

2 他の色もありますか。
ほか いろ
還有其他顏色嗎？

想有更多選擇時的詢問用語。

3 ～がございます。

有～。

是「～があります」的客氣說法，多用於對來客的客氣說法。

文型と練習

1 ～も～し、～も～　　　　　　　　　　～而且～、既～又～。

056 ➟ 用於列舉兩個以上理由時。

【例】A：日当たりも（　いい　）し、家賃も（　安い　）し、ここに住
みたいです。

B：でも、他のところも見てみませんか？

① 八百屋：3パックで700円！
イチゴがお買い得ですよ！今日だけですよ。

客　：本当ですね。いつもより安いですね！
子供も（　　　　）し、私も（　　　　）し、3パック
ください。

💡 大好きだ・食べたい

② A：やっと雨が止みましたね。

B：本当に！いい（　　　　）し、時間も（　　　　）し、出掛け
ましょうか。

2 ～にします　　　　　　　　　　　　我（決定）要～。

057 ➟ 表示選擇的用法。

【例】店員：AランチもBランチも大人気ですよ。

客　：そうですか。じゃ、（ Bランチ ）にします。

① A：ピラフを食べたいなら、ロマンフレスカという店がおすすめ
ですよ。

B：そうですか。じゃ、（　　　　）にします！

② A：飛行機は新幹線より1時間半早く着くと思います。

B：そうなんですか。じゃ、格安航空もあるし、（　　　　）にし
ます。

3 ～てもらえますか   可以拜託、麻煩～嗎？

058 ➥ 使用「てもらう」的可能形，表說話者請求別人做某事的句型。

【例】　A：ちょっと暑いですね。エアコンを（　つけ　）てもらえますか。
れい　　　　　　　　　　　あつ

　　　　B：はい。

① A：寒くなりましたね。窓を（　　　　　）てもらえますか。
さむ　　　　　　　　　　まど

　　B：そうですね。ちょっと寒いですね。
さむ

② A：わからない言葉があるんです。ちょっと辞書を（　　　　）て
ことば　　　　　　　　　　　　じしょ

　　もらえませんか。

　　B：はい。どうぞ。

③ A：パソコンの使い方がわからないんですが、ちょっと（　　　　　）
つか

　　てもらえませんか。

　　B：はい。見てみましょう。
み

もっと知りたい

1 ～でお願いします／～が使えますか
ねが　　　　　　　つか

　　「～でお願いします」是不跟店家確認，直接表明自己要以某方式付款。
ねが

「～が使えますか」則是在付款前先向店家確認某方式是否可行再做支付動
つか

作。

シャドーイング

ステップ1 059

1. ➡
2. ➡
3. ➡
4. ➡
5. ➡

ステップ2 060

1. ➡
2. ➡
3. ➡

ステップ3 061

1. ➡

ロールプレイ

1. あなたは友達と一緒にカレーを作るため、八百屋に来ました。店員に安くしてもらいながら、食材を買います。

2. あなたは友達と先生の誕生日にどんなプレゼントをあげるか相談しました。その後、一緒に本屋へ行って、先生の好きな小説を選びます。

👥 会話スキルアップ 🎧062

I 役に立つ慣用表現
やく た かんようひょうげん

(1) 客
きゃく

　　① ～、探しているんですが。
さが

　　② ～、見せていただけませんか。
み

　　③ もう少し大きいのはありませんか。
すこ おお

　　④ 他の色はありませんか。
ほか いろ

　　⑤ これにします。

　　⑥ カードが使えますか。
つか

　　⑦ 包んでいただけますか。
つつ

(2) 店員
てんいん

　　① ～円お預かりします。
えん あず

　　② ～円ちょうど、お預かりします。
えん あず

　　③ 大きいほうからお返しします。お後、～円のお返しです。
おお かえ あと えん かえ

　　④ 当店では扱っておりません。
とうてん あつか

　　⑤ 最近はこちらがよく出ていますね。
さいきん て

　　⑥ 申し訳ございません。○○は本日、品切れになりましたが、△△では
もう わけ ほんじつ しな ぎ

　　　いかがでしょうか？

3 食事・注文
しょく じ　　ちゅうもん

ウォーミングアップ

①よくどこで食事しますか？よく何を食べます
しょく じ　　　　　　　　　　なに　た
か？

②友達の手料理を食べたことがありますか？どう
ともだち　て りょう り　　た
でしたか？

会話1 台湾料理のレストランで 🎧063

3人
（にん）：カンパーイ！

陽菜
（ひな）：モリくん、どうですか？

モリ：うまっ！こんなにうまいギョーザ、初めて。
（はじ）

楊
（ヨウ）：日本では焼きギョーザが多いですけど、台湾ではこの水ギ
（にほん）（や）（おお）（たいわん）（すい）
ョーザのほうが一般的なんですよ。
（いっぱんてき）

モリ：この担仔麺もうまーい！楊さん、これ、台湾の味と同じで
（ダンザイメン）（ヨウ）（たいわん）（あじ）（おな）
すか？

楊　：そうですね。まあ、こんな感じですね。
ヨウ　　　　　　　　　　　　　　かん

　　　陽菜さんのチャーハンはどうですか？
　　　ひな

陽菜：うん、私、ここ来たときはいつもチャーハンにしているん
ひな　　　　わたし　　　き

　　　です。この味はなかなか自分では出せない、本場の味です
　　　　　　　あじ　　　　　　じぶん　　だ　　　　　ほんば　あじ

　　　よね。

楊　：私も前に食べたけど、結構おいしかったですね。
ヨウ　わたし　まえ　た　　　　けっこう

モリ：わあ…、あっという間に食べちゃった。
　　　　　　　　　　　　ま　た

楊　：モリくん、早いですね。ギョーザも食べちゃってください。
ヨウ　　　　　　はや　　　　　　　　　　　　た

モリ：え、いいんですか？じゃ、遠慮なく、いただきまーす。
　　　　　　　　　　　　　　えんりょ

陽菜：ああ、おいしかった！おなかいっぱい。
ひな

楊　：うん、本当に。台湾ビールも久しぶりに飲みましたよ。
ヨウ　　　　ほんとう　たいわん　　　ひさ　　　　の

モリ：今度来たときは、あのお酒、飲んでみようかな…。
　　　こんど き　　　　　　　　さけ　の

楊　：あ、紹興酒？いいですね。
ヨウ　　　しょうこうしゅ

陽菜：モリくんも楊さんもお酒、好きですねえ。
ひな　　　　　　　ヨウ　　さけ　す

　　　じゃ、そろそろ行きましょうか。
　　　　　　　　　　い

会話文の確認

Ⅰ 内容質問

1. モリくんは担仔麺と（　　　）を食べました。

   A 水ギョーザ　　　　　　　　　B 焼きギョーザ

   C チャーハン　　　　　　　　　D マーボー豆腐

2. 陽菜さんが食べたのは（　　　）です。

   A 担仔麺　　　　　　　　　　　B 水ギョーザ

   C 焼きギョーザ　　　　　　　　D チャーハン

3. 楊さんは（　　　）を飲みました。

   A 紹興酒　　　　　　　　　　　B 台湾ビール

   C 台湾ビールと紹興酒　　　　　D ウーロン茶

4. この店のチャーハンは（　　　）の味です。

   A 台湾　　　　　　　　　　　　B 日本

   C マレーシア　　　　　　　　　D インド

Ⅱ インタビュー（聞いて答えよう）064

1.

→

2.

→

3.

→

4.

→

発話表現 🎧065

絵を見てください。こんなとき、何と言いますか。
え　み　　　　　　　　　　　　　なん　い

キーセンテンス 🎧066

1 遠慮なくいただきます。
えんりょ

那（我）就恭敬不如從命。那就不客氣了。

接受別人好意招呼（吃、喝、東西等）時，客氣的慣用說法。「いただきます」是
「食べる」、「飲む」、「もらう」的謙虛說法。
た　　　　　　の

2 そろそろ行きましょうか。
い

（我們）走吧！

告知同伴該離開（或告辭）的慣用語。

文型と練習

1 ～ちゃう（完了）　　　　　　　　　　　～完、～了。

067 ➥ 「～てしまう」的縮約形。表示動作的徹底執行或作用已達某種狀態。

【例1】A：昨日のケーキ、まだありますか？

B：ごめんなさい。お腹が空いていたので、（ 食べ ）ちゃったんです。

【例2】A：300ページもある小説を一晩で全部（ 読ん ）じゃいました。

B：すごいですね、Aさん。

① A：ジョンさん、アメリカへ帰ってから全然連絡がないですけど、どうしているでしょう。

B：もう私達のことを（　　　　）ちゃったかもしれませんね。

② A：Bさん、急いで！早くしなきゃ、信号が赤に（　　　　）ちゃいますよ。

B：はい。ちょっと待ってください。

2 ～かな　　　　　　　　　　　　　　　～嗎？、～呢？

068 ➥ 由表示「疑問」的「か」後接「な」構成，用於句尾，常用於「自言自語」時，在不正式的會話中常代替疑問句。若是用於對方，則是透過向對方表明疑問，間接表示請求、期望之意。

【例1】A：今度の連休は、どこへ遊びに（ 行 ）こうかな。

【例2】B：あれ？暗証番号は（ 何番 ）だったかなあ？

① A：お昼は何を（　　　　）ようかな。バーガーエースにしようかなあ。それともモットバーガーにしようかなあ…。

B：私はモットバーガーに行きますけど、一緒にどうですか？

② （レストランで）

　　　客　　　　　：いいワインあるかな？
　　　きゃく

　　　ウェイトレス：はい、これはいかががでしょうか。

　　　　　　　　　　チリのワインでございます。

　　　客　　　　　：味見（　　　　　）かな？
　　　きゃく　　　　　あじみ

　　　ウェイトレス：はい。どうぞ、お試しください。
　　　　　　　　　　　　　　　　ため

③ 店員：メニューをどうぞ。
　　てんいん

　　客　：ありがとう。さて、今日は何に（　　　　　）ようかな？
　　きゃく　　　　　　　　　　　　きょう　なに

もっと知りたい

Ｉ いただきまーす

　　「いただきます」的字典原形為「いただく」。其語源為在享用拜拜後的
貢品時，或由長輩手中收取物品時會雙手舉高承接以表敬意，進而衍生為食べ
る、飲む的謙讓語（敬語的一種）表現。目前吃飯前說的「いただきます」就
是吃（開動）的意思，已是日常生活用語之一。
　　吃飯前說的「いただきます」有以下含意。

①對參與食物準備工作的人表達感謝之情。

　　舉凡是料理佳餚、擺案端菜、種菜、捕撈漁獲等所有飲食相關參與人員，
表達感謝之意。

②對食材的感謝

　　按淨土真宗的說法，人們烹飪這些成為食材的肉品、漁獲或蔬菜水果等
動植物，奪去它們的生命，再吃它們來維持自己的生存，換言之就是拿其它
的生命來延續自己的生命，人們對此表達「感謝賞賜」之心意。

会話2 ファーストフード店で 🎧069

店員
てんいん：いらっしゃいませ。何になさいますか。

楊
ヨウ：あ、もうちょっと待ってください。

すみません。これ、何が入っているんですか。

店員
てんいん：たらです。

楊
ヨウ：あ、たらはちょっと……。

じゃ、照り焼きバーガー1つと、ポテトのS1つと、コーラをください。

店員
てんいん：コーラのサイズは？

楊
ヨウ：Mで（お願いします）。

店員：ご注文は以上で（よろしいでしょうか）？
てんいん　ちゅうもん　いじょう

楊　：はい。
ヨウ

店員：では、照り焼きバーガーお１つと、ポテトのＳお１つと、
てんいん　　　て　や　　　　　　　　　　ひと　　　　　　　　　エス　ひと

　　　コーラのＭお１つでございますね。
　　　　　　　エム　ひと

楊　：はい。
ヨウ

店員：こちらでお召し上がりですか。（／こちらで召し上がりま
てんいん　　　　　　め　あ　　　　　　　　　　　　　　め　あ

　　　すか。）

　　　お持ち帰りですか。
　　　　も　かえ

楊　：持ち帰りで。（／持ち帰ります。）
ヨウ　　も　かえ　　　　　　も　かえ

店員：はい、かしこまりました。
てんいん

楊　：いや、やっぱりこちらで。
ヨウ

店員：こちらで召し上がりますか。
てんいん　　　　　め　あ

楊　：はい。
ヨウ

店員：では、お会計、750円になります。
てんいん　　　かいけい　　えん

楊　：はい。
ヨウ

店員：1,000円お預かりします。250円のお返しです。
てんいん　えん　あず　　　　　　えん　　かえ

　　　では、ごゆっくりどうぞ。

会話文の確認

I 内容質問

1. 楊さんは（　　）を注文しました。

　　A コーラのS　　　　　　　　　　B コーラのM

　　C コーヒーのS　　　　　　　　　D コーヒーのM

2. 楊さんが食べたのは（　　）とポテトのSです。

　　A たら　　　　　　　　　　　　B サラダ

　　C 照り焼きバーガー　　　　　　 D 月見バーガー

3. 楊さんは（　　）で食べました。

　　A お店　　　　　　　　　　　　B 大学

　　C 自分の家　　　　　　　　　　D 友達の家

4. 楊さんは（　　）円払いました。

　　A 250　　　　　　　　　　　　B 750

　　C 1,000　　　　　　　　　　　D 1,250

II インタビュー（聞いて答えよう）🎧070

1.

→

2.

→

3.

→

4.

→

発話表現 ◖071

絵を見てください。こんなとき、何と言いますか。
え み　　　　　　　　　　　　　　なん　い

お持ち帰り
できます

キーセンテンス ◖072

1 〜になさいますか。

請問您要點什麼餐？

一般是店員詢問客人點餐的講法。

2 〜はちょっと…。

〜的話，有點（不行）〜。

「〜はちょっと」之後多接否定的意思，用於表拒絕或感到困擾、不擅長時的用法。

3 ご注文は以上で（よろしいでしょうか）。
　　ちゅうもん　いじょう

以上的餐點就好了嗎？

是日文點餐時店員的禮貌慣用說法。

文型と練習

1 お〜（動詞ます形）　　　　　　　　　　　您〜。

🎧 073 ➥ 「お（動詞ます形）になる」或「（動詞）ていらっしゃる」的簡潔說法。

【例】駅員：特急券を（ お持ち ）ですか。

　　　乗客：はい、これです。

① （アイスクリーム屋で）

　　店員：こちらでお（　　　　）ですか。

　　客　：いいえ。

　　店員：お（　　　　）でしたら、ドライアイスの追加料金をいた

　　　　　だきます。

② 店員：何か（　　　　）ですか。

　　客　：いいえ、見ているだけです。

もっと知りたい

1 ～で（お願いします）
　　　　　ねが

　　従眾多選項裏擇一，並告知對方，有「不好意思，煩勞了」之意。

2 ～になります

　　結帳時，收銀員、店員等向顧客告知總金額，表「共計～（多少錢）」之意。

会話3 手料理 🎧074

波奈：さあ、お待ちどお様でした。こちらへどうぞ。

モリ：わあ、ご馳走がいっぱいですね！

陽菜：お姉ちゃん、花嫁修業中で、料理を習いに行っているか

ら、どれもおいしいですよ！

波奈：お口に合うかどうかわからないけど、どうぞたくさん食べ

てくださいね！

モリ：はい！いただきまーす！うん、おいしいです。じゃがいも

　　　ですね？

波奈：ええ。「肉じゃが」って言います。
はな　　　　　　にく　　　　　い

モリ：この「てんぷら」も、うまーい！

波奈：私、てんぷらはちょっと自信があるんです。
はな　わたし　　　　　　　　　じしん

モリ：この「えびてん」だけて、ご飯三杯食べられますよ。
　　　　　　　　　　　　　はんさんばい　た

波奈：上手ですね、モリくん。他のてんぷらもありますから、味
はな　じょうず　　　　　　　ほか　　　　　　　　　　あじ

　　　見してみてね。
　　　み

陽菜：モリくん、日本酒、どうですか？
ひな　　　　　　にほんしゅ

モリ：あ、いただきます。

陽菜：はい、どうぞ。
ひな

モリ：ああ、幸せだなあ。おいしい料理にお酒…。
　　　　　しあわ　　　　　　　りょうり　さけ

波奈：あはは。大げさですね、モリくん。
はな　　　　おお

モリ：えへへ。

会話文の確認

Ⅰ 内容質問

1. 料理を作ったのは（　　）さんです。

   A 波奈　　　　　　　　　　　B 陽菜

   C モリ　　　　　　　　　　　D 楊

2. モリくんは（　　）食べました。

   A えびてんだけ　　　　　　　B 肉じゃがだけ

   C てんぷらだけ　　　　　　　D 肉じゃがとてんぷらを

3. モリくんは日本酒を（　　）。

   A 飲んだことがありません　　B 飲みませんでした

   C 飲めません　　　　　　　　D 飲みました

4. 陽菜さんはモリくんに（　　）をすすめました。

   A 肉じゃが　　　　　　　　　B えびてん

   C 日本酒　　　　　　　　　　D お茶

Ⅱ インタビュー（聞いて答えよう）〔075〕

1.

→

2.

→

3.

→

4.

→

 (076)

絵を見てください。こんなとき、何と言いますか。
え　み　　　　　　　　　　　　　　　なん　い

キーセンテンス (077)

1 お待ちどう様でした。（お待ちどお様）
　　 ま　　　さま　　　　　　ま　　　さま
（讓你）久等了。

比「お待たせいたしました」來得較不正式、較隨便的說法。多用於熟識的朋友
　　ま
或家人間，小飲食店也可聽到此用語，但在一般的餐飲店使用則會讓客人有「失
禮」的感覺。

文型と練習

1　かどうか　　　　　　　　　　　　　　是否、是～還是（不）～。

🎧078　↬　表示「是做～還是不做～」「是～還是不是～」之意。前接普通形。

【例】A：（　おいしい　）かどうかわかりませんが、頑張って作りました。食べてみてください。

　　　B：Aさんが作ったんですか？すごいですね。

① A：あの映画、おもしろいでしょうか？

　　B：（　　　　　）かどうかは見てみなければわかりませんよ。

② 先生：スピーチコンテストに（　　　　　）かどうか、決めましたか。

　　学生：いいえ、まだ決めていません。

　　先生：早く決めないと……。申し込みはあさってまでですよ。

　　学生：はい、わかりました。

2　～って言う　　　　　　　　　　　　　　叫做～、稱作～。

🎧079　↬　「と言う」的口語表達方式。用於表示某事物人地叫什麻名字。

【例】A：Bさん、ブリトーを食べているんですか。

　　　B：いいえ、メキシコ料理に似ているけど、台湾では（　春巻き　）って言うんですよ。

① A：働ける年齢なのに働きに行かない人を日本語で何と言いますか。

　　B：（　　　　　）って言います。

② A：Bさん、台南で食べたんですけど、名前を忘れちゃって…。揚げたパンにシチューが入っている、あの食べ物…。

　　B：ああ、あれ、（　　　　　）って言います。

　　A：そうそう、ちょっと不吉な名前ですが、おいしかったですよ。

もっと知りたい

1 上手ですね
じょうず

　在此會話文中的「上手ですね」並非是指手巧、或何事表現很棒、本領高
じょうず
強之意，而是口頭稱許某人「嘴甜」很會奉承別人。因此，當モリ稱讚波奈所
作佳餚時，波奈回說「ご機嫌を取るのが上手ね」有「モリ嘴真甜。聽モリ說
きげん　と　　　　じょうず
話真是舒服啊！」之含義。

会話4 鍋料理店で 🎧080

店員 ：いらっしゃいませ。何名様ですか。

陽菜 ：18時に3名で予約した北山ですが。

店員 ：北山様ですね。お待ちしておりました。こちらへどうぞ。

・・・・・・・・・・・・・・・・・・・・・・・・・・・・・・・・・・

陽菜 ：みんなビールでいいですか？

二人 ：オッケー！

陽菜 ：ここのキムチ鍋、おいしいんですよ。

モリ ：へえ、陽菜さん、よく知っていますね。

陽菜 ：この店、先輩のお気に入りだから、よく一緒に来て、食べるんですよ。

ここあ：陽菜さん、サラダを食べたいんですけど、オススメは何ですか。

陽菜 ：そうですね。水菜と大根のサラダがシャキシャキして、おいしいですよ。

モリ ：陽菜さんのオススメなら食べなきゃね。

・・・・・・・・・・・・・・・・・・・・・・・・・・・・・・・・・・

陽菜 ：すみません。注文をお願いします。

店員 ：はい、どうぞ。

陽菜 ：生中を3つと、キムチ鍋を1つと、それから水菜と大根のサラダを1つお願いします。

店員：生中を3つ、キムチ鍋を1つ、水菜と大根のサラダを1つ
てんいん　なまちゅう　みっ　　　　　　なべ　ひと　　みずな　だいこん　　　　　　ひと

　　　ですね。以上でよろしいでしょうか？
　　　　　　　　いじょう

陽菜：はい。とりあえず、それで。
ひな

陽菜：すみません、お勘定、お願いします。このクーポン券、使
ひな　　　　　　　　　　　　かんじょう　ねが　　　　　　　　　　　　けん　つか

　　　えますか。

店員：ええ、使えますよ。では、500円割引で、4,200円になります。
てんいん　　　つか　　　　　　　　　　　えんわりびき　　　　えん

陽菜：じゃ、これでお願いします。
ひな　　　　　　　　ねが

店員：はい。では、800円のお返しです。ありがとうございました。
てんいん　　　　　　えん　　かえ

会話文の確認

Ⅰ 内容質問
ないようしつもん

1. 陽菜さんはこの店に（　　）。
   ひな　　　　　　みせ

   A 来たことがありません　　　　　B 来たことがあります
   き　　　　　　　　　　　　　　　　き

   C 来ませんでした　　　　　　　　D 来られません
   き　　　　　　　　　　　　　　　　こ

2. 3人は（　　）とキムチ鍋、水菜と大根のサラダを頼みました。
   にん　　　　　　　　　　　なべ　みずな　だいこん　　　　たの

   A ビール　　　　　　　　　　　　B コーラ

   C ウーロン茶　　　　　　　　　　D チューハイ
   ちゃ

3. 水菜と大根のサラダは（　　）しておいしいです。
   みずな　だいこん

   A ジャキジャキ　　　　　　　　　B シャキシャキ

   C ピカピカ　　　　　　　　　　　D シャカシャカ

4. 全部で（　　）円払いました。
   ぜんぶ　　　　　　えんはら

   A 4,800　　　　　　　　　　　　B 4,700

   C 4,500　　　　　　　　　　　　D 4,200

Ⅱ インタビュー（聞いて答えよう）🎧 081
き　　こた

1.

　→

2.

　→

3.

　→

4.

　→

発話表現 🎧082

絵を見てください。こんなとき、何と言いますか。
え　み　　　　　　　　　　　　　　なん　い

キーセンテンス 🎧083

1 オススメは何ですか。
　　　　　　なん
有推薦的嗎？

不清楚或無法決定時，請店家推薦的慣用語。

2 注文をお願いします。
　　ちゅうもん　　ねが
我要點餐。

點餐決定後，呼叫店家要點餐的慣用語。

3 お勘定（を）お願いします。
　　かんじょう　　　　ねが
麻煩（請）結帳。

要買單時，較客氣的常用慣用語。

文型と練習

1 〜なら　　　　　　　　　　　　　　　　　　　　如果是〜的話。

🎧084 ➡ 說話者根據前文的內容而做出判斷。

【例】A：台湾のお土産にお茶を買おうと思っているんですが…。

　　　B：（ お茶 ）なら、阿里山ウーロン茶がおすすめですよ。

① A：え？このレポート、今日中に出すんですか。

　　B：もし今日が（　　　　　）なら明日でも大丈夫ですよ。

　　　　　　　　　　　　　　　　　　　　　　　　💡 だめだ

② A：今度の三連休、プチ旅行に行こうと思っているんですが…。

　　B：2泊3日の（　　　　　）なら、箱根はどうですか。

2 〜なきゃ　　　　　　　　　　　　　　　　　　　非〜（不可）、必須〜。

🎧085 ➡ 「なければならない」的縮約形。

【例】A：今週からプール開きですね。

　　　B：そうですか。じゃ、水着買いに（ 行か ）なきゃ。

　　　A：まずはダイエットしてからでしょう？

① 父：丸子、朝だよ。起きなさい。

　　娘：あっ、もうこんな時間！（　　　　　）なきゃ、遅刻しちゃう。

　　父：今日は日曜日だよ。

もっと知りたい

1 とりあえず、それで「那就先這樣好了。」

　　在餐廳決定好要點的餐飲時的常用表現。表示也許之後還會再追加別的餐
點，但目前先決定這些就好。相當於英文的「That's all / it for now.」。

👥 シャドーイング

ステップ 1 🎧086

1. ➡
2. ➡
3. ➡
4. ➡
5. ➡

ステップ 2 🎧087

1. ➡
2. ➡
3. ➡

ステップ 3 🎧088

1. ➡

👥 ロールプレイ

1. 日本人の友達の家に招待されました。友達が出した肉じゃがという手料理がとても美味しかったので、友達を褒めて、肉じゃがの簡単な作り方を聞いてください。

2. 友達とはじめて一緒に居酒屋へ行きました。いろいろな料理を注文しましたが、ビールを注文するとき、ジョッキとボトルという言葉がわからないので、店の人に聞きました。

👥 **会話スキルアップ** 🎧089

Ⅰ　料理の数え方
りょう り　　かぞ　かた

（1）料理や飲み物の数を言うときは、たいてい「〜つ」で言います。
りょうり　の　もの　かず　い

一つ ひと	二つ ふた	三つ みっ	四つ よっ	五つ いつ
六つ むっ	七つ なな	八つ やっ	九つ ここの	十 とお

（2）さしみや天ぷらなどで、人数分の量を言うときは、「〜人前」を使います。
てん　　　　　　にんずうぶん　りょう　い　　　　　　にんまえ　つか

　① 2人前のさしみをとりました。
　　に にんまえ

　② 焼きギョーザを4人前ください。
　　や　　　　　　　よにんまえ

　③ 全部で12人だから、さしみの盛り合わせは3人前のを四つ頼みましょう。
　　ぜん ぶ　　　にん　　　　　　　　　　　も　あ　　　　　さんにんまえ　　よっ　たの

一　人　前 いちにんまえ/ひとりまえ	二人前 にんまえ/ふたりまえ	三人前 さんにんまえ	四人前 よ にんまえ	五人前 ご にんまえ

（3）皿に料理が盛られて出てくるときは、「〜皿」を使います。
さら　りょうり　も　　　で　　　　　　　　　　さら　つか

　① 焼き鳥を3皿ください。
　　や　とり　さんさら

　② サラダを1皿注文しましょう。
　　ひとさらちゅうもん

一皿 ひとさら	二　皿 にさら/ふたさら	三　皿 さんさら/みさら	四皿 よんさら	五皿 ご さら

メモ

4 道を聞く・場所を聞く
みち　　き　　　ばしょ　き

ウォーミングアップ

①道に迷って人に聞いたことがありますか？道を
　みち　まよ　　ひと　き　　　　　　　　　　　　　　みち
　聞かれたことがありますか？
　き

②ここからあなたの家までどうやって行くか教え
　　　　　　　　　いえ　　　　　　　い　　おし
　てください。

○○○

会話1 ホテルへの行き方を聞く（東京駅で） 🎧 090

楊（ヨウ）：すみません。東京（とうきょう）スカイホテルへ行（い）きたいんですが…。

職員（しょくいん）：東京（とうきょう）スカイホテルですか…。

楊（ヨウ）：ええ。

職員（しょくいん）：住所（じゅうしょ）はわかりますか。　　住所 じゅうしょ

楊（ヨウ）：ええ、ここに書（か）いてあります。（ホテルの名刺（めいし）を渡（わた）す）

職員（しょくいん）：東京都港区（とうきょうとみなとく）…

　　あ、六本木（ろっぽんぎ）ヒルズにあるホテルみたいですよ。

楊（ヨウ）：はぁ、そうですか。じゃ、どうやって行（い）ったらいいですか。

職員：地下鉄と電車とどちらがいいですか。
しょくいん　ちかてつ　てんしゃ

楊　：歩いては行けないんですか。
ヨウ　　ある　　い

職員：ええ、ここから六本木まではちょっと遠いですから。
しょくいん　　　　　　ろっぽんぎ　　　　　　　　　　とお

楊　：じゃ、地下鉄での行き方を教えてください。
ヨウ　　　　ちかてつ　い　かた　おし

職員：はい。（路線図を見せながら説明する）まず、丸ノ内線に乗っ
しょくいん　　　ろせんず　み　　　　　せつめい　　　　　　　まるのうちせん　の
　　　て、「銀座」まで行ってください。
　　　　ぎんざ

楊　：はい。
ヨウ

職員：つぎに、日比谷線に乗り換えて、「六本木」で降りてくだ
しょくいん　　　ひびやせん　の　か　　　　ろっぽんぎ　お
　　　さい。

楊　：「六本木」ですね。
ヨウ　　ろっぽんぎ

職員：ええ。六本木駅から六本木ヒルズまでは、歩いて５分くら
しょくいん　　ろっぽんぎえき　　ろっぽんぎ　　　　　　ある　　ふん
　　　いです。

楊　：そうですか。わかりました。
ヨウ

職員：この路線図は差し上げます。どうぞお使いください。
しょくいん　　ろせんず　さ　あ　　　　　　　　つか

楊　：すみません。どうもありがとうございました。
ヨウ

職員：いいえ。お気をつけて。
しょくいん　　　き

会話文の確認

Ⅰ 内容質問
ないようしつもん

1. 楊さんは東京（　　）へ行きます。
ヨウ　　　　とうきょう　　い

　A スカイツリー　　　　　　　　B スカイホテル

　C ディズニーランド　　　　　　D ドーム

2. 楊さんは（　　）での行き方を聞きました。
ヨウ　　　　　　　　い　かた　き

　A 徒歩　　　　　　　　　　　　B 電車
　　と ほ　　　　　　　　　　　　　てんしゃ
　C 地下鉄　　　　　　　　　　　D 新幹線
　　ち か てつ　　　　　　　　　　しんかんせん

3. 楊さんは（　　）で乗り換えなければなりません。
ヨウ　　　　　　　　の　か

　A 六本木駅　　　　　　　　　　B 東京駅
　　ろっぽん ぎ えき　　　　　　　とうきょうえき
　C 銀座駅　　　　　　　　　　　D 日比谷駅
　　ぎん ざ えき　　　　　　　　　ひ び や えき

4. 六本木駅から六本木ヒルズまでは、（　　）5分かかります。
　ろっぽん ぎ えき　　ろっぽん ぎ　　　　　　　　　　　ふん

　A 歩いて　　　　　　　　　　　B 電車で
　　ある　　　　　　　　　　　　　てんしゃ
　C バスで　　　　　　　　　　　D 地下鉄で
　　　　　　　　　　　　　　　　　ち か てつ

Ⅱ インタビュー（聞いて答えよう）🎧 091
　　　　　　　　　　き　こた

　1.

　→

　2.

　→

　3.

　→

　4.

　→

発話表現 🎧092

絵を見てください。こんなとき、何と言いますか。
え み   なん い

キーセンテンス 🎧093

1 すみません。～へ行きたいんですが…。

不好意思！我想去～。

問路時喚起對方注意，並告知對方自己意圖的常用慣用句。

2 どうやって行ったらいいですか。

要如何（怎麼）去才好呢？（怎樣才能去呢？）

點餐決定後、呼叫店家要點餐的慣用語。

文型と練習

1 ～みたいです
好像～、似乎～。

094 ➔ 說話者就事物的外表，或對某事物所具有的印象、自身體驗等進行推測性的判斷。有「雖不能清楚地斷定，但卻那麼認為」之意。主要用於口語。

【例】A：きれいな景色ですね。

B：上から見たら、街は（ おもちゃ ）みたいです。

① A：田中さんはもう（　　　　　）みたいです。かばんもコートもありません。

B：そうみたいですね。

② 妻：隣のご主人は最近（　　　　　）みたいです。毎晩12時ごろ帰ってくるんですよ。

夫：ふうん。

③ A：部長はワインが（　　　　　）みたいです。レストランでいつもワインを注文します。

B：そうですね。昨日も飲んでいましたね。

2 疑問詞＋～たらいいですか
該～才好呢？

095 ➔ 要求對方提供相關情報資訊、建議、忠告等。

【例】A：Bさんの国へ旅行に行きたいんですが、いつ頃（ 行っ ）たらいいですか。

B：春がいいですよ。花がきれいですから。

① A：友達の結婚パーティーに招待されたんだけど、何を（　　　　　）
　　　　ともだち　けっこん　　　　　　しょうたい　　　　　なに
　　たらいいですか。

　　B：そうですね。日本では男の人は黒か紺色のスーツを着て、白
　　　　　　　　　　にほん　　おとこ　ひと　くろ　こんいろ　　　　　き　　しろ
　　いネクタイをして行きますよ。
　　　　　　　　　　　い

② A：お葬式に行くんですが、何を（　　　　　）たらいいですか。
　　　　そうしき　い　　　　　　なに

　　B：香典ですよ。
　　　　こうてん

💡 持って行く
　　　　も　　い

③ 学生：スキー旅行に参加したいんですが、どこで（　　　　　）だ
　　がくせい　　　　　りょこう　さんか
　　らいいですか。

　　職員：学生課で申し込んでください。
　　しょくいん　がくせいか　もう　こ

もっと知りたい

I 六本木
　　ろっぽんぎ

六本木是位在日本東京港區的一個街區，地理位置上處於東京的正中心。

周遭有辦工商區、高級公寓、各國駐日大使館與美軍軍事設施等讓其呈現多樣面貌。

六本木雖然有繁華街道的強烈印象，但是沒有大型購物中心設於此地，因此隨著大型再開發複合都市「六本木ヒルズ」（六本木新城）與「東京ミッドタウン」（東京中城）相繼完工啟用後，讓六本木躍升為辦公室和高級消費所以及飯店等重要商務地區之一。
ろっぽんぎ　　　　　　　　　　　とうきょう

酒吧、夜總會、咖啡館等營業據點的林立，也使其以夜生活而聞名。

会話2 駅・電車で 096

モリ　　　：すみません。切符売り場はどこですか。

通行人1　：あー、あっちですよ。

モリ　　　：あー、あっちですね。どうもありがとうございます。

（券売機の前で）

モリ　　　：（通行人2に聞く）あのう、すみません。新幹線の切符を買いたいんですけど…。

通行人2　：あー、新幹線なら、隣の「みどりの窓口」に行ったらいいですよ。

モリ　　　：ありがとうございます。

（プラットホームで）

モリ　　　：あのう、すみません。これは京都へ行きますか。

乗客1：いえ、これは京都行きじゃなくて、秋田行きですよ。京
じょうきゃく　　　　　　　　　　きょうと ゆ　　　　　　　　　あきた ゆ　　　　　　　きょう

　　　都行きはあそこ、3番線です。
　　　と ゆ　　　　　　　　ばんせん

モリ　：ああ、どうもありがとうございます。

（車内で）
しゃない

モリ　：あっ、この駅、どこかな？
えき

　　　（隣の乗客2に聞く）すみません。ここは京都ですか。
となり じょうきゃく き　　　　　　　　　　　　　　　きょうと

乗客2：いや、まだ名古屋ですよ。
じょうきゃく　　　　　なごや

モリ　：あーよかった。すみません、私、漢字があまりわからな
わたし かんじ

　　　いので、京都に着いたら、教えてくれませんか。
きょうと つ　　　　おし

乗客2：いいですよ。外国の方ですか。
じょうきゃく　　　　　がいこく かた

モリ　：はい、そうです。

乗客2：日本語がお上手ですね。
じょうきゃく　にほんご　じょうず

モリ　：いえ、それほどでも……。

会話文の確認

I 内容質問
ないようしつもん

1. モリくんは新幹線で（　　）へ行きます。
しんかんせん　　　　　　　い

　A 京都　　　　　　　　　　　B 秋田
　　きょうと　　　　　　　　　　　　あきた
　C 名古屋　　　　　　　　　　D 東京
　　なごや　　　　　　　　　　　　とうきょう

2. 新幹線の切符は（　　）で買えます。
しんかんせん　きっぷ　　　　　　　か

　A 車内　　　　　　　　　　　B 券売機
　　しゃない　　　　　　　　　　　　けんばいき
　C プラットホーム　　　　　　D みどりの窓口
　　　　　　　　　　　　　　　　　　　　　まどぐち

3. モリくんが最初に行ったプラットホームは（　　）でした。
さいしょ　い

　A 3番線じゃありません　　　B 3番線
　　　ばんせん　　　　　　　　　　　　ばんせん
　C 工事中　　　　　　　　　　D 京都方面のホーム
　　こうじちゅう　　　　　　　　　きょうとほうめん

4. モリくんは（　　）ので、京都に着いたら教えてくれるように頼
きょうと　つ　　　　　おし　　　　　　　　　たの
みました。

　A 京都へ行ったことがない　　B 日本語が上手な
　　きょうと　い　　　　　　　　　　にほんご　じょうず
　C 漢字があまりわからない　　D 外国人な
　　かんじ　　　　　　　　　　　　がいこくじん

II インタビュー（聞いて答えよう）🎧 097
き　　こた

1.

→

2.

→

3.

→

4.

→

発話表現 🎧098

絵を見てください。こんなとき、何と言いますか。
え み なん い

せいきゅうしょ？

キーセンテンス 🎧099

1 これは～へ行きますか。
い

這是往～的嗎？

搭車時詢問人家確認是否為自己所要搭乘的車次。

2 それほどでも。

沒那回事；也沒那麼～；倒也還好～。

後面多伴隨否定的「ない」，表也沒有到那個程度。在本課是表謙虛的表現。

文型と練習

1 ～たらいいです　　　　　　　　　　　可以～、最好～吧！

100 ➡ 這是一種自己給對方提建議的表達方式，用於表示採取何種手段或方法可以獲得好結果的場合。

【例】A：やり方がわからないんですが。

B：鈴木さんに（教えてもらっ）たらいいですよ。

① A：電車の中にかばんを忘れてしまったんですが、どうしたらいいですか。

B：忘れ物センターで（　　　　）たらいいでしょう。

💡 聞いてみる

② A：今度の日曜日、山本先生のお宅に行くんですが、どんな物を持って行ったらいいですか。

B：先生はお子さんがいらっしゃるから、甘いお菓子を（　　　　）たらいいと思いますよ。

2 ～（X）じゃなくて、～（Y）です　　　不是X，而是Y。

101 ➡ 是一種訂正的表達方式。否定前面的X，附加上正確內容的Y。

【例】A：今日もスパゲティにしますか。

B：いいえ、（スパゲティ）じゃなくて、ピラフにします。

① A：高橋さんの弟さんは医者ですよね。

B：いいえ、（　　　　）じゃなくて、看護師ですよ。

② A：わあ、おいしそうなケーキ、1つ買いましょうか。

B：どうして女の人は、こんなに甘いものが好きなのかなあ。

A：（　　　　）だけではなくて、男性でもスイーツ好きが増えているそうですよ。

も っ と 知 り た い

⊩ 外国の方
がいこく　　かた

用於表其出身地或籍貫為何處。類似表現有「～人」，但「～の方」較客
じん　　　　　　　　　　　　　　かた
氣。

又，在公司行號等多用「～の者」，這是在與對方（外面公司的人）進行
もの
商貿會話時，對話中提及己方人員（自家公司的人）時，所用的自我謙虛表現。

（參考下列會話文範例）

（電話中）

A：はい、田中貿易人事部でございます。
　　　　　たなかぼうえきじんじぶ

　　您好，這裏是田中貿易人事室。

B：私、いろは大学キャリアセンターの鈴木と申します。採用ご担当の方は
　　わたくし　　　　　だいがく　　　　　　　　　　　　すずき　もう　　　　さいよう　　たんとう　かた
　　いらっしゃいますか。

　　您好。這裏是いろは大學就職情報中心，敝姓鈴木。請問負責徵才的專責人員在嗎？

A：申し訳ございません。採用担当の者はただいま席をはずしておりますが。
　　もう　わけ　　　　　　　さいようたんとう　もの　　　　　　　　せき

　　很抱歉，負責人員現在剛好不在座位上……。

B：では、また後ほどかけ直します。
　　　　　　　　のち　　　　　なお

　　那，我稍後再撥。

A：はい、かしこまりました。

　　好的。

会話3 通行人にデパートの場所を尋ねる 🎧102

ここあ：すみません、ちょっとお尋ねしますが。

通行人：はい、何でしょうか。

ここあ：神急デパートへ行く道をお尋ねしたいんですが。

通行人：あ、神急デパートですか。この道をまっすぐ行って、左に曲がって行ったらありますよ。

ここあ：何番目の角を曲がるんですか。

通行人：2つ目の交差点を左です。交差点を曲がると、踏切がありますから、そこを渡って、少し行くと右側にありますよ。

ここあ：交差点を曲がって、踏切を渡るんですね。ここから遠い
こうさてん ま ふみきり わた とお
ですか。

通行人：いいえ、そんなに遠くありませんよ。
つうこうにん とお

ここあ：歩いてどのくらいかかりますか。
ある

通行人：10分ぐらいでしょう。
つうこうにん ぷん

ここあ：途中に何か目印がありますか。
とちゅう なに めじるし

通行人：踏切を渡ったら、映画館が見えます。その隣が神急デパー
つうこうにん ふみきり わた えいがかん み となり しんきゅう
トです。

ここあ：はい、よくわかりました。どうもありがとうございました。

通行人：いいえ、どういたしまして。私も近くまで行きますか
つうこうにん わたし ちか い
ら、一緒に行きましょうか。
いっしょ い

ここあ：え、いいんですか？

通行人：ええ。
つうこうにん

ここあ：ありがとうございます。じゃ、お願いします！
ねが

会話文の確認

Ⅰ 内容質問
ないようしつもん

1. ここあさんは（　　）への行き方を尋ねました。
いかた たず

　A 郵便局　　　　　　　　　　　B 交差点
　　ゆうびんきょく　　　　　　　　　　こうさてん
　C 映画館　　　　　　　　　　　D 神急デパート
　　えいがかん　　　　　　　　　　　しんきゅう

2. 目的地まで（　　）ぐらいかかります。
もくてきち

　A 歩いて5分　　　　　　　　　B 歩いて10分
　　ある　　　ふん　　　　　　　　ある　　　　ぷん
　C 自転車で5分　　　　　　　　D 自転車で10分
　　じてんしゃ　　ふん　　　　　　じてんしゃ　　　ぷん

3. 2つ目の交差点を（　　）と踏切があります。
ふた　め　こうさてん　　　　　　　ふみきり

　A 渡る　　　　　　　　　　　　B 過ぎる
　　わた　　　　　　　　　　　　す
　C 右へ曲がる　　　　　　　　　D 左へ曲がる
　　みぎ　ま　　　　　　　　　　ひだり　ま

4. 神急デパートの隣に（　　）があります。
しんきゅう　　　　となり

　A スーパー　　　　　　　　　　B 目印
　　　　　　　　　　　　　　　　めじるし
　C 交差点　　　　　　　　　　　D 映画館
　　こうさてん　　　　　　　　　　えいがかん

Ⅱ インタビュー（聞いて答えよう）🎧103
　　　　　　　　　　　き　こた

1.
→

2.
→

3.
→

4.
→

発話表現 🎧104

絵を見てください。こんなとき、何と言いますか。
え み　　　　　　　　　　　　　なん い

映画館

キーセンテンス 🎧105

1 ちょっとお尋ねしますが。
たず

請問一下。

詢問時的慣用語之一；比「お聞きしたいですが」更為客氣。
き

2 途中に何か目印がありますか。
と ちゅう　なに　め じるし

途中有沒有明顯的目標？

詢問指示的途中是否有明顯的目標，以便能順利抵達目的地的常用說法。

文型と練習

1 ～と、～（Xと、Y）　　　　　　　　如果X，就Y。

106 ➥ 如果X成立的話，Y就成立。

【例】A：すみません。三和銀行はどこてすか。

B：ここをまっすぐ行って、2番目の角を右に（曲がる）と、
　　左側に銀行があります。

① A：あのう、これの使い方を教えてくれますか。

B：赤いボタンを（　　　　）と、動きます。そして、黒いボタンを（　　　　）と、止まります。

② 客　：あのう、風邪の薬をください。

店員：熱がありますか。

客　：はい、それから、のどがすごく痛いんです。

店員：じゃ、この薬がいいですよ。（　　　　）と、楽になりますよ。

2 ～ましょうか　　　　　　　　　　～吧！

107 ➥ 表示提議。

【例】学生：先生、（手伝い）ましょうか。

先生：ありがとう。じゃ、そっちを持ってくれますか。

① A：荷物、1つ（　　　　）ましょうか。

B：大丈夫です。一人で持てます。

② （食堂で）

A：お茶、（　　　　）ましょうか。

B：あ、ありがとうございます。お願いします。

もっと知りたい

1 免税手続き
めんぜい て つづ

　　根據日本觀光局的統計，截至 2015 年 10 月 1 日為止，目前全日本共有 29047 家免稅店。所謂免稅店是以非在地居民的外國遊客等為對象，對某些特定商品給予某一程度的免除消費稅的銷售店家。如果同一天在同一店家購買超過 5 千日幣，就可以申辦免稅。不過須出示護照給店家，所以購物時別忘了隨身攜帶護照。

会話4　本屋へ行く・本屋で　🎧108

（大学で）

モリ：陽菜さん、駅の近くに大きい本屋があると聞いたんですが、知っていますか。

陽菜：ああ、知っていますよ。太陽ブックスですね。7階建てのビルです。どうやって行きますか？

モリ：歩いて行きます。

陽菜：えっ、歩いて？自転車は？

モリ：あ、昨日故障しちゃったんですよ。歩いては行けませんか？

陽菜：歩いて行ったら、4、50分かかるから、バスに乗ったほう
ひな　ある　い　　　　　　　　　　ぶん　　　　　　　　　　　　　　の
　　　がいいと思います。
　　　　　　　おも

モリ：わかりました。じゃ、すみませんが、行き方を教えてもら
　　　　　　　　　　　　　　　　　　　　　　　　　い　かた　おし
　　　えませんか。

陽菜：ええと、大学前から55番のバスに乗って、さくら商店街
ひな　　　　だいがくまえ　　　ばん　　　　　　　の　　　　　　　　　しょうてんがい
　　　で降りるんです。
　　　　お

モリ：55番のバスで行って、さくら商店街で降りるんですね。
　　　ばん　　　　　い　　　　　　しょうてんがい　お

陽菜：はい。商店街の入口の向かい側に太陽ブックスがありますよ。
ひな　　　　しょうてんがい　いりぐち　む　　　がわ　たいよう

モリ：商店街入口の向かい側ですね。わかりました。7階建ての
　　　しょうてんがいいりぐち　む　　　がわ　　　　　　　　　　　　かい　だ
　　　ビルですね？

陽菜：はい。看板もあるし、すぐわかると思います。
ひな　　　　かんばん　　　　　　　　　　　　おも

モリ：ありがとうございました。じゃ、さっそく行ってみます。
　　　　　　　　　　　　　　　　　　　　　　　　　　い

陽菜：いってらっしゃい。気を付けてね。
ひな　　　　　　　　　　　き　つ

（本屋で）
ほんや

モリ：すみません。辞書はどこでしょうか？
　　　　　　　　じしょ

店員：5階でございます。そちらのエレベーターでどうぞ。
てんいん　かい

モリ：あ、それから、あのう、トイレ、ありますか？

店員：はい。エレベーターの左にございます。
てんいん　　　　　　　　　　ひだり

モリ：ありがとうございます。

会話文の確認

I 内容質問
ないようしつもん

1. モリくんは（　　）本屋へ行きます。
ほんや　い

　　A バスで　　　　　　　　　　　　B 歩いて
　　　　　　　　　　　　　　　　　　　ある

　　C 自転車で　　　　　　　　　　　D 電車で
　　　じてんしゃ　　　　　　　　　　　てんしゃ

2. 本屋は商店街の入口の（　　）にあります。
ほんや　しょうてんがい　いりぐち

　　A 前　　　　　　　　　　　　　　B 隣
　　　まえ　　　　　　　　　　　　　　となり

　　C 裏　　　　　　　　　　　　　　D 向かい側
　　　うら　　　　　　　　　　　　　　む　　がわ

3. モリくんは本屋で（　　）を買います。
ほんや　　　　　　　か

　　A 雑誌　　　　　　　　　　　　　B 辞書
　　　ざっし　　　　　　　　　　　　　じしょ

　　C 小説　　　　　　　　　　　　　D 漫画本
　　　しょうせつ　　　　　　　　　　　まんがぼん

4. 辞書は（　　）にあります。
じしょ

　　A 7階　　　　　　　　　　　　　B 6階
　　　かい　　　　　　　　　　　　　　かい

　　C 5階　　　　　　　　　　　　　D 4階
　　　かい　　　　　　　　　　　　　　かい

II インタビュー（聞いて答えよう）109
き　　こた

1.

→

2.

→

3.

→

4.

→

発話表現 🎧110

絵を見てください。こんなとき、何と言いますか。
え　み　　　　　　　　　　　　　　　なん　い

中村さん、真理子さんが
来月結婚するのを
知ってますか？

キーセンテンス 🎧111

1 いってらっしゃい。

您慢走。

可用於家人、朋友或較熟識的前輩或上司等將要離去時客氣的慣用語。其更為客氣的用語為「いってらっしゃいませ」。

2 気を付けて。
　　き　　つ

小心喔〜。

離別時囑咐對方小心的慣用語。常與「いってらっしゃい」或「いってらっしゃいませ」搭配使用。

文型と練習

1 ～ちゃう（残念・後悔）　　　　　　　　～了。

🎧 112 ➡ 「～てしまう」的縮約形。但與 L3 的用法不同。表示感慨，根據情況的不同，有可惜、遺憾、後悔、不可挽回彌補等語氣。

【例】A：ハクション！！

B：風邪ですか？

A：ええ、ゆうべ寝るとき窓を閉めるのを忘れて、風邪を（ 引い ）ちゃったんです。

① 乗客：すみません、今の電車に帽子を（　　　　）ちゃったんですが…。

駅員：わかりました。すぐ連絡します。

② 警察　：なんで枝を（　　　　）ちゃったんですか？

花見客：あんまり花がきれいで、つい…。

💡 折る

2 ～たほうがいいです　　　　　　　最好是～為好、你應該～。

🎧 113 ➡ 說話者向聽話者提出建議或勸告的文型。有強烈建議對方進行某動作的語氣。

【例】A：どうしましたか。顔色が悪いですね。

B：のどが痛くて、熱も出てきたみたいなんです。

A：じゃ、今日は帰って、早く（ 寝た ）ほうがいいですよ。

① A：今、頑張ってダイエットしています。
いま がんば

B：じゃ、食後のデザートはしばらく（　　　　　）ほうがいいで
しょくご

すよ。

A：そうですね…。スイーツ、大好きなんです…。でも、きれい
だいす

な水着を着るまで、我慢します。
みずぎ き がまん

💡 やめる

② 学生：先生、私のスピーチ、どうでしたか。
がくせい せんせい わたし

先生：うーん、もっと身振り手振りを（　　　　　）ほうがいいと
せんせい みぶ てぶ

思いますね。
おも

💡 使う
つか

も っと知りたい

I バスの整理券
せいりけん

　　在日本搭乘按里程收費的公車時，在上車時需抽「整理券」，「整理券」
せいりけん せいりけん
上會有號碼。公車前面會有一個告示面版，下車時支付與整理券相同號碼欄位
上的相對車資。

　　有從「1」號開始依序發放和「無券」兩種業者。採用「無券」經營的是
指從首發車站搭車的民眾沒有整理券。到站時，依電子面板上所顯示金額付車
資即可。

　　最近有業者導入 IC 卡（電子錢包），如果使用 IC 卡搭車，無須抽「整理
券」。一般來說，只要上車時過卡感應，然後下車時再過卡感應，即完成扣款
けん
動作。不過，依路線不同，規定也不同，乘車時請留意。

シャドーイング

ステップ 1　🎧 114

1. ➡
2. ➡
3. ➡
4. ➡
5. ➡

ステップ 2　🎧 115

1. ➡
2. ➡
3. ➡

ステップ 3　🎧 116

1. ➡

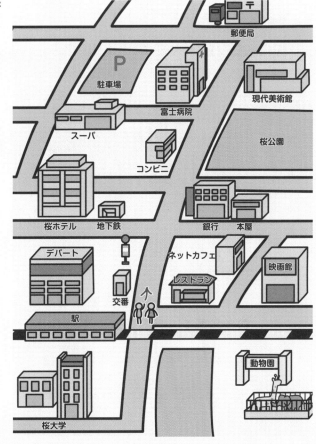 ロールプレイ

1. 道に迷った人に本屋まで
   の道を教えてください。

2. 道に迷った友達にあなたの家までの道順を電話で説明してください。

会話スキルアップ 117

I どうやって道を聞きますか。

（1）道、バス停や駅で

① すみません。

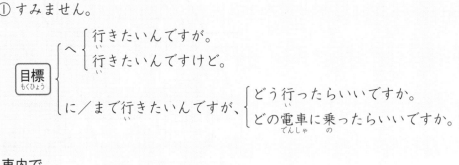

目標 | へ { 行きたいんですが。 / 行きたいんですけど。 } / に／まで行きたいんですが、 { どう行ったらいいですか。 / どの電車に乗ったらいいですか。 }

（2）車内で

① 目標 へ行きたいんですが、どこで降りたらいいですか。

（3）観光名所で（目標は近くにある場合）

① あのう、すみません。目標 はどこですか。／どこでしょうか。

2 道を聞かれたら、どうやって指示しますか。
みち　き　　　　　　　　　　　しじ

(1) 〜てください。／ 動作1 て、 動作2 てください。
　　　　　　　　　　 どうさ　　　　　 どうさ

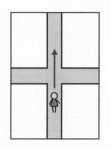

①まっすぐ行ってください。
　　　　　　い

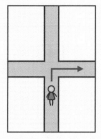

②右に曲がってください。
　みぎ　ま

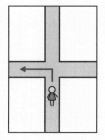

③交差点を左に曲がってください。
　こうさてん　ひだり　ま

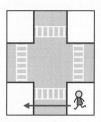

④横断歩道を渡ってください。
　おうだんほどう　わた

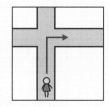

⑤まっすぐ行って、
　　　　　い
　交差点を右に曲がってください。
　こうさてん　みぎ　ま

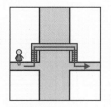

⑥歩道橋を渡って、
　ほどうきょう　わた
　まっすぐ行ってください。
　　　　　い

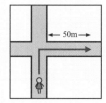

⑦その交差点を右に曲がって、
　　　こうさてん　みぎ　ま
　50メートルぐらいまっすぐ行ってください。
　　　　　　　　　　　　　い

（2） 場所（ばしょ）を 動作（どうさ）と 位置（いち）にあります。

（例：曲がる（ま）、行く（い）、
　　　渡る（わた）、歩く（ある）など）

目標（もくひょう）が 見えます（み）／あります。

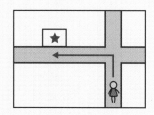

①交差点を左に曲がると、
　右手にあります。
（こうさてん　ひだり　ま）
（みぎて）

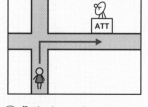

②角を右に曲がると、
　ATTが見えます。
（かど　みぎ　ま）
（み）

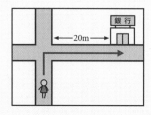

③交差点を右に曲がると、
　20メートルぐらい先に
　銀行があります。
（こうさてん　みぎ　ま）
（さき）
（ぎんこう）

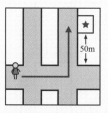

④二つ目のかどを左に曲がって、
　50メートルぐらい行くと、
　右側にあります。
（ふた　め　ひだり　ま）
（い）
（みぎがわ）

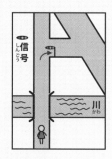

⑤この橋を渡って、
　次の信号を右に曲がると、
　大きい道に出ます。
（はし　わた）
（つぎ　しんごう　みぎ　ま）
（おお　みち　で）

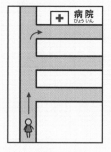

⑥この道をまっすぐ行って、
　3つ目のかどを曲がると、
　大きい病院が見えます。
（みち）
（みっ　め　ま）
（おお　びょういん　み）

5 誘う・断る
さそ　ことわ

ウォーミングアップ

① よく友達を誘ってどこへ行きますか？
ともだち　さそ　　　　　　　　　い

② 誘われたけど行けないとき、どんなことを話し
さそ　　　　　い

ますか？
はな

会話1 先生を食事に誘う 🎧118

（田中先生の研究室前）
たなかせんせい　けんきゅうしつまえ

モリ　　：トントントン！（ドアノック）

田中先生：はい。どうぞ。
たなかせんせい

モリ　　：失礼します。（研究室に入る）
　　　　　しつれい　　　けんきゅうしつ　　はい

田中先生：あら、モリくん。今日はどうしたんですか。
たなかせんせい　　　　　　　　　　きょう

モリ　　：実は、来週ゼミのメンバーで食事をすることになった
　　　　　じっ　　らいしゅう　　　　　　　　　しょくじ

　　　　　んです。先生もご一緒にいかがですか。
　　　　　　　　　せんせい　　いっしょ

田中先生：そうですか。誘ってくれて、ありがとう。
たなかせんせい　　　　　さそ

　　　　　でも、学生だけのほうが盛り上がるでしょう。
　　　　　　　　がくせい　　　　　　　　も　あ

モリ　　：いえ、皆「ぜひ田中先生も誘おう」って話していたん
　　　　　　　　みんな　　　たなかせんせい　さそ　　　　　はな

　　　　　です。

田中先生：そう。それはうれしいですね。来週のいつですか。
たなかせんせい　　　　　　　　　　　　　　　らいしゅう

モリ　　：金曜日の夜7時です。
　　　　　きんようび　よるしちじ

田中先生：（スケジュールを確認）えーっと…、あ、その日はちょう
たなかせんせい　　　　　　　　かくにん　　　　　　　　　　　　　　ひ

　　　　　ど空いているので行けると思います。場所はどこです
　　　　　　あ　　　　　　　　い　　　　おも　　　　　ばしょ

　　　　　か。

モリ　　：渋谷にあるイタリア料理レストラン、「ミラノ」です。
　　　　　しぶや　　　　　　　　　　　　りょうり

田中先生：渋谷の「ミラノ」ですね。じゃ、どこで会いましょうか。
たなかせんせい　しぶや　　　　　　　　　　　　　　　　　　あ

モリ　　：ええと、渋谷駅のハチ公前に夜6時半に集合なんです
　　　　　　　　　しぶやえき　　　こうまえ　よる　じはん　しゅうごう

　　　　　けど。

田中先生：わかりました。
たなかせんせい

モリ　　：じゃ、来週の金曜日、よろしくお願いします。
　　　　　　　らいしゅう　きんようび　　　　　　ねが

会話文の確認

Ⅰ 内容質問

1. 来週ゼミのメンバーで（　　　）をします。
   A カラオケ　　　　　　　　　B 食事
   C 旅行　　　　　　　　　　　D 掃除

2. 食事は（　　　）曜日の夜（　　　）時の予定です。
   A 金／1　　　　　　　　　　B 金／7
   C 日／7　　　　　　　　　　D 日／1

3. モリくんたちは渋谷の「ミラノ」で（　　　）料理を食べます。
   A イギリス　　　　　　　　　B インド
   C イスラエル　　　　　　　　D イタリア

4. 待ち合わせは渋谷駅の（　　　）前に夜（　　　）時半です。
   A ハチ公／6　　　　　　　　B モヤイ像／6
   C ハチ公／7　　　　　　　　D モヤイ像／7

Ⅱ インタビュー（聞いて答えよう）🎧119

1.
→

2.
→

3.
→

4.
→

 発話表現 🎧120

絵を見てください。こんなとき、何と言いますか。
え　み　　　　　　　　　　　　　　　　　　　なん　い

じゃ、新宿西口駅の改札口前にしましょうか？

🎧121 キーセンテンス

Ⅰ ▶ ご一緒にいかがですか。
　　いっしょ

您要不要一起去呢？

用於邀約長輩同行的客氣用語。

文型と練習

1 実は～んです

其實是～這麼回事、
說實在的是～。

122 ➜ 表示「其實是～這麼一回事」之意，用於講明真相或真實情況等。

【例】Ａ：どうして豚肉を食べないんですか。

Ｂ：実は私、（ イスラム教徒な ）んです。

① Ａ：実は私、全然（　　　　　）んです。かなづちなんです。

Ｂ：へえ、日本人はみんな水泳が上手だと思っていました。

② 犯人の自白：実は、僕が（　　　　）んです…。

やる

2 ～ことになりました

決定～。

123 ➜ 就未來的某件事達成共識得出某種結果或做出某種決定。

【例】Ａ：健康診断はどうでしたか。

Ｂ：病院で検査した結果、すぐに手術を（ する ）ことになりました。

① 先生　　　：文化祭で何をやりますか。

学級委員：この間の話し合いで、文化祭で歌を（　　　　）ことになりました。

② Ａ：転勤だそうですが、どちらに行かれるんですか。

Ｂ：北海道に（　　　　）ことになりました。

3 〜（よう）と言っています
（話している・相談した・決めた）
はな　　　　　そうだん　　き

正在商量〜、決定做〜。

124 ➥ 表示與人商量某事或決定做某行為等。前面接續動詞意向形。

動詞の意向形の作り方
どうし　いこうけい　つく　かた

グループ I	グループ II	グループ III
行く→行こう い　　い	見る→見よう み　　み	来る→来よう く　　こ
飲む→飲もう の　　の	食べる→食べよう た　　た	する→しよう
呼ぶ→呼ぼう よ　　よ		練習する→練習しよう れんしゅう　　れんしゅう
会う→会おう あ　　あ		

【例】　A：みんなですき焼きでも食べに（　行こう　）と言っているん
れい　　　　　　　　や　　　　　た　　　　　　　　い
　　　　　ですけどBさんも一緒に行きませんか。
　　　　　　　　　　　　　いっしょ　い

　　　　B：はい、行きたいです。
　　　　　　　　い

① A：昨日、家内に車通勤を（　　　　　）って相談したんですよ。
きのう　かない　くるまつうきん　　　　　　　そうだん
　　B：じゃ、電車通勤ですか？それとも自転車とか？
　　　　てんしゃつうきん　　　　　　　　　じてんしゃ

② 社長：今年、営業利益30億円を達成できたら、みんなでハワイに
しゃちょう　ことし　えいぎょうりえき　おくえん　たっせい
　　　　（　　　　　）と決めました。みなさん、頑張りましょう。
　　　　　　　　　　き　　　　　　　　　　　　がんば

　　社員：はい、頑張ります！
　　しゃいん　　　がんば

もっと知りたい

1 渋谷駅のハチ公
しぶやえき　　こう

　　「八公」，其品種為秋田縣大館市的秋田犬，是日本歷史上一條具有傳奇色彩的忠犬。長達 10 年在車站默默等待過世主人歸來，是則令人動容的故事。

　　「八」是狗的名字。「公」原本是中國古代官職或對成年男性尊稱，之後用於暱稱，因而稱呼為「八公」。

　　澀谷車站的八公出口有一座「忠犬八公」的銅像，多數人會選擇在「八公前」相約碰面。但是若第一次選在此相約碰面，有時會因為找不到八公的銅像而疑惑是否弄錯見面地點。

　　又，相約在此見面的人很多，廣場又很大，為了避免『明明來到「八公前」，卻彼此相遇不到』的情況，建議要詳細說好「八公前」是「忠犬八公的銅像前面」，還是「派出所正門」等。

会話2 紅葉狩りに誘われて、断る 🎧125

陽菜：あのう、ここあさん。

ここあ：はい。

陽菜：今度の土曜日に、サークルのみんなで紅葉狩りに行こうって言ってるんですけど。

ここあ：ええ。

陽菜：よかったら、ここあさんも一緒に行きませんか。

ここあ：うーん。そうですねえ。

陽菜：あ、忙しいですか。

ここあ：あ、いえ、そうじゃないんですけど…。

陽菜：あ、別に無理しなくてもいいですよ。都合がよかったらと思っただけですから。

ここあ：いえ、ちょっと、最近、テスト勉強でずっと夜が遅くて、体の調子があまりよくないんです。だから、週末にはゆっくり家で休みたいと思っているんですけど…。

陽菜：そうですか。大変ですねえ。

ここあ：ええ。残念ですが、今回はちょっと遠慮しておきます。

陽菜：わかりました。

ここあ：せっかくなのに、どうもすみません。

陽菜：いいえ。じゃ、お大事に。
ひな　　　　　　　　だいじ

ここあ：ありがとうございます。土曜は皆さんで楽しんでください。
　　　　　　　　　　　　　どよう　みな　　　　たの

陽菜：ありがとうございます。
ひな

ここあ：皆さんによろしく。
　　　　みな

陽菜：はい、じゃ、またね。
ひな

会話文の確認

Ⅰ 内容質問
　　ないようしつもん

1. サークルのみんなで（　　）に行きます。

　　A りんご狩り　　　　　　　　　B ホタル狩り
　　　　　が　　　　　　　　　　　　　　　　が

　　C 紅葉狩り　　　　　　　　　　D いちご狩り
　　　もみじ が　　　　　　　　　　　　　　が

2. ここあさんは紅葉狩りに（　　）。
　　　　　　　　　もみじ が

　　A 行くかもしれません　　　　　B 行きます
　　　い　　　　　　　　　　　　　　　い

　　C 行くでしょう　　　　　　　　D 行きません
　　　い　　　　　　　　　　　　　　い

3. 今度の土曜日ここあさんは（　　）。
　　こんど　どようび

　　A 忙しいです　　　　　　　　　B テストがあります
　　　いそが

　　C 病院へ行きます　　　　　　　D 家でゆっくり休みます
　　　びょういん い　　　　　　　　　うち　　　　　　やす

4. ここあさんは最近テスト勉強で（　　）体の調子があまりよくあ
　　　　　　　　さいきん　　べんきょう　　　　　からだ ちょうし
　りません。

　　A 夜が遅くて　　　　　　　　　B 胃が痛くて
　　　よる おそ　　　　　　　　　　　い いた

　　C 楽しくなくて　　　　　　　　D 頭が痛くて
　　　たの　　　　　　　　　　　　　あたま いた

Ⅱ インタビュー（聞いて答えよう）🎧 126
　　　　　　　　　　　　き こた

　1.
　→

　2.
　→

　3.
　→

　4.
　→

発話表現 🎧127

絵を見てください。こんなとき、何と言いますか。
<ruby>絵<rt>え</rt></ruby> <ruby>見<rt>み</rt></ruby> <ruby>何<rt>なん</rt></ruby> <ruby>言<rt>い</rt></ruby>

えー、だめなんですか。

キーセンテンス 🎧128

1 遠慮しておきます。
<ruby>遠慮<rt>えんりょ</rt></ruby>
謝謝您的邀約，這次就不好意思了（恐怕無法……請容我拒絕）。

受到邀約時，常用的「婉拒」用語。

2 せっかくなのに。

辜負您特地（邀約）……。

受到邀約時，常用的婉拒「客套」用語。

3 皆さんによろしく。
<ruby>皆<rt>みな</rt></ruby>
請代為向大家問候一聲。

無法與同伴、好友相聚時，表達問候之意的慣用語。

文型と練習

1 ～なくてもいい　　　　　　　　　　　　　　不～也可以。

🎧129 ➥ 表示沒有必要做～的意思。

【例】A：時間、大丈夫ですか？

B：たっぷりありますから、（ 急が ）なくてもいいですよ。

① A：Bさん、冬休みにスキーに行きませんか。

B：スキーですか。私、道具を持っていないんですが…。

A：ああ、道具を（　　　　）なくても大丈夫ですよ。借りられ

ますから。

② 医者：熱はありませんね。

患者：じゃ、もう薬を（　　　　）なくてもいいですか。

医者：そうですね。今日からやめましょう。

2 ～で・～くて　　　　　　　　　　　　　　因為～而～。

🎧130 ➥ 表原因理由。な形容詞・名詞＋で・い形容詞＋くて。

【例】A：台北の夏は湿気が（ 多く ）て、蒸し暑いそうですね。

B：そうですね。高雄は湿気が多くなくて、気持ちいいですよ。

① A：Bさんは肉を全然食べないようですね。

B：はい、私は（　　　　）で、肉を食べないんです。

💡 菜食主義だ

② A：またそのメーカーのケータイを買ったんですか。

B：ええ、このメーカーのは（　　　　）で、落としても壊れな

いんですよ。

もっと知りたい

1 ～狩り
　が

　　「～狩り」是接尾語用法。如在山林或海邊採集植物或魚貝‧海藻的「採
　　が
草莓」（イチゴ狩り）、「尋松茸」（松茸狩り）、「拾潮」（潮干狩り）、「採
　が　　　　　　　　　　　まつたけ が　　　　　　　　しお ひ が
鹿野菜」（ひじき狩り）等等；或是到山上觀賞植物的「賞楓」（紅葉狩り）。
　　　　　　　　　が　　　　　　　　　　　　　　　　　　もみじ が
　　另外，到山裡狩獵野豬或鹿的「打獵活動」叫做「山狩り」。不過「山狩
　　　　　　　　　　　　　　　　　　　　　　　やま が　　　　　　　　やま が
り」也含有搜捕竄逃到山裡罪犯的意思。

会話3 一人は断り、一人は受ける 🎧131

陽菜：楊さん、モリくん。今度の日曜日に近所の神社でお祭りが
（ひな）　あるんですけど、一緒に行きませんか。

モリ：へえ、楽しそうですね。何をするんですか？

陽菜：みこしの行列を見たり、和太鼓の演奏を聞いたりします
（ひな）　ね。あ、屋台も出ますよ！

楊　：楽しそうですね。でも、ごめんなさい。日曜日はもう予定
（ヨウ）　が入っちゃってるんですが…。

陽菜：えー、だめなんですか？一緒に行きましょうよ。
（ひな）

楊　：うーん、ごめんなさい。実は彼女とディズニーランドへ行
（ヨウ）　く予定なんです。

陽菜：ああ、そうなんですか。お祭りは夜もやっていますけど、
（ひな）　夜はどうですか？

モリ：陽菜さん、ディズニーランドは夜がロマンチックなんです
　　　よ。彼女と花火を見なくちゃね。

陽菜：あ、そうでしたね。
（ひな）

楊　：残念ですけど…。また今度誘ってください。
（ヨウ）

陽菜：わかりました。モリくんは？
（ひな）

モリ：大丈夫です。日本のお祭りを一度見てみたかったんです。
　　　だいじょうぶ　　　にほん　　まつ　　いちど み

陽菜：じゃ、またメールで時間を連絡しますね。
ひな　　　　　　　　　　　　じかん　れんらく

モリ：はい。楽しみにしています。
　　　　　　たの

陽菜：じゃ、楊さん、ディズニーランド楽しんできてくださいね。
ひな　　　ヨウ　　　　　　　　　　　　たの

楊　：はい。ありがとう！
ヨウ

会話文の確認

Ⅰ内容質問
ないようしつもん

1. 今度の日曜日に（　　）でお祭りがあります。
   こんど　にちようび　　　　　　　　　　　まつ

   A 神社　　　　　　　　　　　　　B ディズニーランド
   じんじゃ

   C 陽菜さんの家　　　　　　　　　D 大学
   ひな　　　　いえ　　　　　　　　　だいがく

2. お祭りに行ったら（　　）を見たり、和太鼓の演奏を聞いたりで
   まつ　　い　　　　　　　　　　み　　　　わだいこ　えんそう　き
   きます。

   A 花火　　　　　　　　　　　　　B 盆踊り
   はなび　　　　　　　　　　　　　ぼんおど

   C みこしの行列　　　　　　　　　D 手品
   ぎょうれつ　　　　　　　　　　てじな

3. モリくんがお祭りにいくのは（　　）からです。
   まつ

   A 暇だ　　　　　　　　　　　　　B 論文のテーマだ
   ひま　　　　　　　　　　　　　　ろんぶん

   C 楊さんが行かない　　　　　　　D 一度見てみたかった
   ヨウ　　　い　　　　　　　　　　いちどみ

4. 楊さんは彼女と（　　）へ（　　）を見に行きます。
   ヨウ　　　かのじょ　　　　　　　　　　み　い

   A ディズニーランド／お祭り　　　B 神社／お祭り
   まつ　　　　　　　じんじゃ　まつ

   C ディズニーランド／花火　　　　D 神社／花火
   はなび　　　　　　　じんじゃ　はなび

Ⅱインタビュー（聞いて答えよう）🎧 132
き　こた

1.

→

2.

→

3.

→

4.

→

絵を見てください。こんなとき、何と言いますか。
え　み　　　　　　　　　　　　　　なん　い

キーセンテンス 🎧134

1 また今度誘ってください。
　　こん ど さそ
下次再（邀我）一起〜。

拒絕對方邀請後，日語中常用的社交辭令，以緩和拒絕後的尷尬氣氛。

2 楽しみにしています。
　たの
我很期待喔！

常用於接受他人邀約後，禮貌性回應對方，並對所邀約的事情表達期待之意的客
氣用語。

文型と練習

１ ～たり～たりします　　　　　　　　　又～又～。

🎧 **135** ➭ 表示列舉。從幾個事物、行為中舉出兩三個具代表性的，暗示還有更多其他的事情。

【例】A：連休にどこかへ行きましたか。

B：いいえ、家でゆっくり（ 休ん ）だり、テレビを（ 見 ）たりしていました。

① A：わからない言葉があったら、どうしますか。

B：ネットで（　　　　）たり、先生や友達に（　　　　）たりします。

② A：休みの日には、たいてい何をしますか。

B：音楽を（　　　　）たり、買い物に（　　　　）たりするのが好きですね。

２ ～なくちゃ　　　　　　　　　不～是不行的、必須～才行。

🎧 **136** ➭ 比「なくては」更輕鬆的口語表現。

【例】ドッグフードがなくなったから、買いに（ 行か ）なくちゃ。

① A：あっ！もうこんな時間。早く（　　　　）なくちゃ、お母さんに叱られる。

B：ええ、そろそろ帰りましょう。

② A：この前、一人で旅行をしていた女子大生の事件があったでしょう。

B：ええ。

A：犯人が逮捕されたそうですよ。

B：そうですか。よかったですね。

A：ええ。女性の一人旅はやはり気を（　　　　）なくちゃね。

もっと知りたい

┃ 日本三大祭り
にほん さんだいまつ

　　在日本有神社主辦的慶典，也有各自治團體或青年商會主辦的節慶活動，一年四季大大小小有 31 萬之多。其中京都祇園祭、大阪天神祭、東京神田祭被稱為日本三大祭。

　　「祇園祭」是由京都的八坂神社舉辦，自 7 月 1 日起整個 7 月都有各種活動進行，其中以 7 月 16 日的「宵山」、隔天 17 日的「山鉾巡行」、「神輿渡御」最有看頭。

　　「天神祭」是大阪天滿宮在每年的 6 月下旬到 7 月 25 日舉辦，為期約一個月的節慶活動，是世界上最大規模的水上慶典，至今已有 1000 多年的歷史。尤其以 25 日晚上的「本宮祭」最是精采。河道上一艘艘蓬火照明下的漁船船身（船渡御）倒映在河面上所留下的五彩幻影，以及絢麗煙火（奉納花火：天神祭供奉的煙花）施放閃耀整個星空。

　　「神田祭」是由東京的神田神社舉辦，以前是在農曆 9 月 15 日舉行，但現在則是 5 月中旬。5 月 15 日固定舉行的「例大祭」是莊嚴肅穆的祭祀，神社的巫女會獻上具有淨化功能的浦安之舞。

会話4　食卓で（おかわりを断る・結婚パーティーに招待される）　

波奈：モリくん、ご飯、もう一杯いかがですか。

モリ：いいえ、もう結構です。十分いただきました。

波奈：おかわりしましたか？

モリ：はい、４杯かな…。おなかいっぱいです。

陽菜：じゃ、日本酒、もう少しどうですか？

モリ：いや、もうたくさんいただきました。酔っ払っちゃいますよ。

陽菜：モリくん、強いから大丈夫でしょう。
ひな　　　　つよ　　　　だいじょうぶ

モリ：いえいえ、それほどでも。

陽菜：じゃ、お茶でも入れましょうか。
ひな　　　　ちゃ　　い

モリ：はい、ありがとうございます。

　　　お姉さんの料理、おいしかったです。どうもごちそうさま
　　　ねえ　　りょうり

　　　でした。

波奈：お粗末様でした。
はな　　そまつさま

モリ：もういつでもお嫁に行けますよ。
　　　　　　　　　　よめ　い

陽菜：実は、お姉ちゃん、6月に結婚するんですよ。
ひな　じっ　　ねえ　　　　がつ　けっこん

モリ：えーっ、本当？それはおめでとうございます！
　　　　　ほんとう

波奈：ありがとう。地味婚でやるんだけど、よかったら、モリく
はな　　　　　　じみこん

　　　んもぜひ来て！
　　　　　　き

モリ：地味婚って？
　　　じみこん

波奈：結婚式や披露宴はしないで、友達だけで結婚パーティーを
はな　けっこんしき　ひろうえん　　　　　ともだち　　　けっこん

　　　するということ。

モリ：そうですか。じゃ、喜んで。楽しみにしています。
　　　　　　　　　　　　よろこ　　たの

会話文の確認

Ⅰ 内容質問
ないようしつもん

1. （　　　）さんが料理を作りました。
りょうり　つく

A 陽菜
ひな

B モリ

C 波奈
はな

D モリの姉
あね

2. モリくんはご飯を（　　　）杯食べました。
はん　　　　　　　はい た

A 4

B 5

C 6

D 10

3. 波奈さんの結婚式は（　　　）です。
は な　　けっこんしき

A 派手婚
は で こん

B 地味婚
じ み こん

C できちゃった婚
こん

D アットホーム婚
こん

4. モリくんは波奈さんの結婚式に（　　　）。
は な　　　　けっこんしき

A 招待されていません
しょうたい

B 参加しません
さん か

C 招待します
しょうたい

D 参加します
さん か

Ⅱ インタビュー（聞いて答えよう）🎧 138
き　　　こた

1.

→

2.

→

3.

→

4.

→

発話表現 🎧139

絵を見てください。こんなとき、何と言いますか。
え　み　　　　　　　　　　　　　　なん　い

あ、すみません。

キーセンテンス 🎧140

1 いいえ、もう結構です。
　　　　　　　けっこう

不，不用（不需要）了。

受招待時，委婉拒絕他人勸用的慣用語。

2 ごちそうさまでした。

感謝您的招待。

接受招待用完餐時，日語常用的社交辭令。

3 お粗末様でした。
　　そ まつさま

粗茶淡飯，不成敬意。

「ごちそうさまでした」的回應用語。

文型と練習

1 ～でも　　　　　　　　　　　　　　　　　　　～什麼之類的。

141 ➥ 前接名詞，用於舉例。

【例】（二人が食後のデザートについて、話している。）

A：（ケーキ）でも食べませんか？

B：いいですね。私、チョコレートケーキが食べたいです。

① A：田中さん、急に痩せましたね。どこか（　　　　）ところでもあるんでしょうか？

B：実は、私もそう思っていたんですよ。

② A：田中さんのお宅へ行くとき、何か持って行きましょうか。

B：そうですね。（　　　　）でも買って行きましょう。

💡 果物
くだもの

2 ～（し）ないで、～（します）　　　　沒～，而～。

142 ➥ 不做～，取而代之做別的事。

【例】A：おかしいなあ。運動しているのに、ちっとも（痩せ）ないで、体重が増えてきました。

B：運動した後、ビールを飲むからですよ。

① A：エレベーターが来ましたよ。

B：ダイエット中なので、エレベーターに（　　　　）ないで、階段を使います。

② A：共働きが増えていますね。

B：ええ、参観日に親が（　　　　）ないで、祖父や祖母が代わりに来るそうです。

もっと知りたい

① 地味婚
じみこん

　　「地味婚」是「地味な結婚」的略稱，結婚型態的一種，不舉辦喜宴等而
只是到區公所辦理結婚登記。相對地，「派手婚」則是高調並花大錢舉辦。其
它還有奉子成婚的「できちゃった婚」、「アットホーム婚」（at home婚，
多是招待與雙方家人較親近的親友，不拘泥於傳統形態與進行方式，以自然溫
馨方式進行，讓前來的賓客能以較輕鬆的心情來參與。）等。

② 喜んで
よろこ

　　「喜んで」是「喜んで～する」的略稱。（例：喜んで出席させていた
だきます。）表以欣然、樂意的態度主動進行某事時的一種回答表現。

シャドーイング

ステップ 1 〔143〕

1. ➡

2. ➡

3. ➡

4. ➡

5. ➡

ステップ 2 〔144〕

1. ➡

2. ➡

3. ➡

ステップ 3 〔145〕

1. ➡

ロールプレイ

1. 来週末、イギリスからあなたの家に学生がホームステイに来ます。あなた
   たは英語の得意なクラスメートを誘って、一緒に遊んだり食事したりしたい
   です。

2. 上司から仕事の後の一杯に誘われましたが、夜は子供の誕生日のお祝いを
   するので、早く帰らなければなりません。上司の誘いを断ってみてください。

会話スキルアップ 🎧146

1 誘う前に「誘うサイン」を示す。
　さそ　まえ　さそ　　　　　　　しめ

(1) 相手に経験したかどうか、○○が好きか嫌いかなどを聞く。
　　あいて　けいけん　　　　　　　　　　す　　きら　　　　　　き

　　① ぶどう狩りに行ったことがありますか。
　　　　　　か　　い

　　② 映画が好きですか？
　　　えいが　す

　　③ ○○映画、もう見ましたか？
　　　　えいが　　　み

　　④ 晩ご飯、食べましたか？
　　　ばん　はん　た

(2) 自分の状態、気持ちを言う。
　　じぶん　じょうたい　きも　　い

　　① 疲れましたね。喉が渇きましたね。
　　　つか　　　　　　のど　かわ

　　② 春休み、とても暇なんだけど。
　　　はるやす　　　　　ひま

(3) 先に用件を言う
　　さき　ようけん　い

　　① 五嶋みどりのバイオリンコンサートのチケットをもらったんですけど。
　　　ごとう

　　② 会社のみんなで、週末にピックニックに行こうって言っているんです
　　　かいしゃ　　　　　しゅうまつ　　　　　　　　　い　　　　　い

　　　けど。

　　③ 明日、玉ちゃんと、新宿御苑へ花見に行くんですけど。
　　　あした　たま　　　　しんじゅくぎょえん　はなみ　い

(4) 都合を聞く
　　つごう　き

　　① 今晩、ひまですか？
　　　こんばん

　　② 今度の日曜日、忙しいですか？
　　　こんど　にちようび　いそが

2 誘いを断るとき
　さそ　ことわ

(1) 「ちょっと……」のあとに簡単でも理由を言うといい。
　　　　　　　　　　　　　　かんたん　りゆう　い

　　① ちょっと先約があるんです。
　　　　　　せんやく

　　② ちょっとカラオケは苦手なので…。
　　　　　　　　　　　にがて

(2) 「行けません」「無理です」「だめです」などは使わない。
　　　い　　　　　　む　り　　　　　　　　　　　つか

　　① （×）木曜日は無理です。　　　　（○）木曜日は無理そうですねえ。
　　　　　　もくようび　むり　　　　　　　　もくようび　むり

　　② （×）木曜日は行けません。　　　（○）木曜日は難しいですねえ。
　　　　　　もくようび　い　　　　　　　　　もくようび　むずか

159

6 病　院
びょう　　いん

ウォーミングアップ

①どんなとき、病院（クリニック）へ行きました
か？

②友達がよく風邪を引きます。どんなアドバイス
をしますか？

会話1 外来受付で 🎧147

楊（ヨウ）：すみません。ちょっと診（み）てもらいたいんですが。

受付（うけつけ）：はい、どうなさいましたか。

楊（ヨウ）：昨日（きのう）から熱（ねつ）があって、薬（くすり）を飲（の）んでも下（さ）がらないんです。

受付（うけつけ）：そうですか。じゃ、まず熱（ねつ）を測（はか）りましょう。

（体温計（たいおんけい）で）ピッ。あ、高（たか）いですね。

39度（ど）5分（ぶ）もありますよ。早（はや）めに診（み）てもらえるようにしま

すね。

楊（ヨウ）：すみません。

受付（うけつけ）：この病院（びょういん）は初（はじ）めてですか。

楊（ヨウ）：はい、初（はじ）めてです。

受付（うけつけ）：では、まずこの用紙（ようし）に記入（きにゅう）してください。

楊（ヨウ）：はい、わかりました。あの、この保険（ほけん）、使（つか）えますか。

受付（うけつけ）：（保険証（ほけんしょう）を見（み）ている）ええと、旅行保険（りょこうほけん）ですね。受診（じゅしん）される

のは楊剛（ヨウコウ）さんですね。少々（しょうしょう）お待（ま）ちください。

楊（ヨウ）：すみません。

受付：使えますよ。では、診察料を申請しますので、こちらの用
うけつけ　つか　　　　　　　しんさつりょう　しんせい　　　　　　　　　　　　　よう

紙にもご記入ください。
し　　　き にゅう

楊　：はい、わかりました。
ヨウ

受付：楊剛さん、診察室は2号室です。名前を呼ばれるまで待合
うけつけ　ヨウコウ　　　しんさつしつ　ごうしつ　　　　なまえ　よ　　　　　　　まちあい

室でお待ちください。
しつ　　　ま

楊　：はい、すみません。
ヨウ

会話文の確認

I 内容質問
<small>ないようしつもん</small>

1. 楊さんは（　　　）ので、病院へ来ました。
<small>ヨウ</small>　　　　　　　　　　<small>びょういん</small> <small>き</small>

   A 仕事がある
   <small>し ごと</small>
   B 入院する
   <small>にゅういん</small>

   C 具合が悪い
   <small>ぐ あい　わる</small>
   D 保険証をなくした
   <small>ほ けんしょう</small>

2. 楊さんは（　　　）ので、受診します。
<small>ヨウ</small>　　　　　　　　　　<small>じゅしん</small>

   A おなかが痛い
   <small>いた</small>
   B せきが止まらない
   <small>と</small>

   C 薬がなくなった
   <small>くすり</small>
   D 熱が下がらない
   <small>ねつ　さ</small>

3. 楊さんはこの病院へ来たのは（　　　）回目です。
<small>ヨウ</small>　　　　　　<small>びょういん</small> <small>き</small>　　　　　　<small>かい め</small>

   A 1
   B 2

   C 3
   D 4

4. 楊さんは診察料を払うとき、（　　　）保険を使います。
<small>ヨウ</small>　　　<small>しんさつりょう はら</small>　　　　　　<small>ほ けん　つか</small>

   A 留学
   <small>りゅうがく</small>
   B 健康
   <small>けんこう</small>

   C 旅行
   <small>りょこう</small>
   D 生命
   <small>せいめい</small>

II インタビュー（聞いて答えよう）🎧 148
<small>き　こた</small>

1.

→

2.

→

3.

→

4.

→

発話表現 🎧149

絵を見てください。こんなとき、何と言いますか。
え み なん い

キーセンテンス 🎧150

1 診てもらいたいんですが。
み
想請你幫我看（病）一下。

多用於就診時，說話者接受他人為自己進行某動作或行為的用語。

2 どうなさいましたか。

怎麼了嗎？

「どうしましたか」的尊敬語形式。

文型と練習

I 〜ても、〜   即使〜也〜。

151 ➥ 表逆態接續關係的表達方式。

【例】A：Bさん、お酒をたくさん（ 飲ん ）でも、酔いませんね。

B：そうですね。みんなからよく酒豪と言われますね。

① A：天気が悪いみたいですけど、明日のデート大丈夫ですか？

B：雨が（　　　　）ても、風が（　　　　）ても、絶対にやめ

ません！

② A：今度、魔笛を見に行きませんか。

B：オペラですか。ドイツ語は全然わかりませんから…。

A：私もですよ。日本語の字幕がついているから、ドイツ語が

（　　　　）ても、大丈夫ですよ。

2 ～れる・られる（尊敬）
そんけい

🎧152 ➜ 尊敬語的句型。「れる・られる」是表尊敬的助動詞。可能動詞或「でき
ます」、「わかります」、「要ります」和「あります」則無此用法。

～れる・られるの作り方
つく かた

グループⅠ	
行く い	行かない＋れる→行かれる い　　　　　　　い
飲む の	飲まない＋れる→飲まれる の　　　　　　　の
グループⅡ	
食べる た	食べない＋られる→食べられる た　　　　　　　た
始める はじ	始めない＋られる→始められる はじ　　　　　　はじ
グループⅢ	
来る く	来られる こ
する	される

【例】学生：先生はご自分で料理を（　作られ　）ますか。
れい　がくせい　せんせい　じぶん　りょうり　　つく

　　　先生：ええ、料理を作るのが好きだから。
　　　せんせい　　　りょうり　つく　　す

① （結婚式で）
けっこんしき

仲人：新郎の和彦さんは３年前に大学を（　　　　）て、佐藤商事に
なこうど　しんろう　かずひこ　　ねんまえ　だいがく　　　　　　さとうしょうじ

　　　（　　　　）ました。そこで新婦の妙子さんに（　　　）ま
　　　　　　　　　　　　　　　　しんぷ　たえこ

　　　した。そのとき和彦さんはこの人と結婚したいと（　　　　）
　　　　　　　　　かずひこ　　　　ひと　けっこん

　　　て、すぐ妙子さんに交際を（　　　　）ました。その後お二人
　　　　　　たえこ　　こうさい　　　　　　　　　　　ご　ふたり

　　　の仲は深まっていって、２か月後に（　　　　）ました。…
　　　　なか　ふか　　　　　　　　げつご

　　　　　　　💡卒業する・入る・出会う・思う・申し込む・婚約する
　　　　　　　　そつぎょう　はい　であ　おも　もう　こ　こんやく

② （旅行会社で）
りょこうがいしゃ

客　：あのう、来月温泉旅行に行きたいんですが。
きゃく　　　　らいげつおんせんりょこう　い

社員：はい。もう場所は（　　　　）ましたか。
しゃいん　　　　ばしょ

客　：いいえ、まだ決めていないんです。
きゃく　　　　　　き

3 **〜れる・られる（受身）**　　　　　　　被〜。
うけみ

153 ➥ 「〜れる・られる」表被動的助動詞。

動詞の受身形の作り方
どうし　うけみけい　つく　かた

グループⅠ
買う→買わない＋れる→買われる
押す→押さない＋れる→押される
踏む→踏まない＋れる→踏まれる
呼ぶ→呼ばない＋れる→呼ばれる
グループⅡ
食べない＋られる→食べられる
見ない＋られる→見られる
グループⅢ
来る→来られる
する→される
質問する→質問される

被動語句基本可分為 4 種類型。

① 說話者以「我」的立場為中心的表達方式。如練習 1。

② 身體的一部份、所有物、相關物承受了某人的動作時的被動語句。如練習 2。

③ 受害或是感到煩擾時的被動語句。如練習 3。

④ 行為者不是特定的人時，多在事實的描述、報導性文章中被使用。如練習 4。

【例】A：私は小さいとき、とても元気な子供でしたよ。

ああ、大人しい子をいじめて先生に（叱られ）ました。

ははは。

B：そうなんですか。

① A：Bさんは小さいとき、どんな子供でしたか。

　　B：真面目で大人しい子供でしたよ。勉強ができて、先生に

　　　（　　　　　）ました。でも、クラスメートにはよく（　　　　　）

　　　て、泣いていました。

② A：今朝込んだ電車の中で、足を（　　　　　）て、とても痛かっ

　　　たです。

　　B：かわいそうに。大丈夫でしたか？

③ A：会議の間、隣の人にたばこを（　　　　　）て、気分が悪くな

　　　りました。

　　B：たばこは嫌ですね。

④ A：この雑誌はOLによく（　　　　　）ているそうです。

　　B：そうですか。私も時々読みますよ。

もっと知りたい

Ｉ 訪日観光客向けの旅行保険
ほうにちかんこうきゃくむ　りょこうほけん

　　最近越來越多的外國人造訪日本，各位都有投保保險了嗎？我想大都能平安回到家。但是如果在日本受傷或遭遇疾病的話，高額的醫療費用會是一筆負擔。因此，安全起見，一般都會投保旅遊平安險。

　　一般都是在出發之前購買旅遊平安險。在日本觀光廳已委託日本最大的產物保險公司・日本興亞針對在來日前忘了投保的外國遊客為對象，設計了抵達日本之後也可以購買的新型旅遊保險。已於 2016 年 2 月推出。

　　旅客在抵達日本之後，可在機場或飯店等地用智慧型手機上網申請。投保費用依停留數計算，目前 6 天約是日幣三千。

　　2014 年訪日外國旅客人數高達 1340 萬人。日本即將主辦 2019 年的世界盃橄欖球賽、2020 年的東京奧運・帕運（身障奧運會），預估訪日旅客的增加趨勢還將持續。

会話2 診察室と薬局で 🎧154

看護師：楊さん、楊剛さん。2号室にお入りください。
　　かんごし　ヨウ　　ヨウコウ　　ごうしつ　　はい

（診察室で）
　しんさつしつ

楊　：失礼します。
ヨウ　しつれい

医者：今日はどうしましたか。
いしゃ　きょう

楊　：昨日から熱があって、薬を飲んでも下がらないんです。
ヨウ　きのう　ねつ　　　くすり　の　　　さ

医者：そうですか。熱も高いですね。
いしゃ　　　　ねつ　たか

楊　：はい。あと、寒気がして、体の節々が痛いんです。
ヨウ　　　　　さむけ　　　からだ　ふしぶし　いた

医者：ちょっと口を開けてみて…。ああ、腫れていますね。
いしゃ　　　くち　あ　　　　　　　　　は

楊　：のども少し痛いんです。
ヨウ　　　すこ　いた

医者 ：…楊さん、国でインフルエンザの予防接種を受けましたか。
いしゃ 　 ヨウ 　 くに 　 　 　 　 　 　 　 　 　よぼうせっしゅ う

楊 ：いいえ。
ヨウ

医者 ：インフルエンザかもしれませんね。今流行っているんで
いしゃ 　 　 　 　 　 　 　 　 　 　 　 　 いま はや

すよ。検査をしますから、こちらを向いてください。鼻
けんさ 　 　 　 　 　 　 　 　 　 　 む 　 　 　 　 　 　 はな

の粘膜を取りますよ。
ねんまく と

(20分後)
ぶん ご

医者 ：結果が出ましたよ。インフルエンザにかかっています
いしゃ けっか で

ね。薬を出しておきますから、今日は薬を飲んで、ゆっ
くすり だ 　 　 　 　 　 　 　 　 きょう くすり の

くり休んでください。お大事に。
やす 　 　 　 　 　 　 だいじ

楊 ：はい、ありがとうございました。
ヨウ

看護師：こちらが処方箋です。薬局で薬を受け取ってください。
かんごし しょほうせん やっきょく くすり う と

お大事に。
だいじ

(薬局で)
やっきょく

薬剤師：楊剛さんですね。３日分のお薬が出ています。この白い
やくざいし ヨウコウ 　 　 　 みっかぶん くすり て 　 　 　 　 しろ

カプセルは一日３回、食後に飲んでください。熱が39
にち かい しょくご の 　 　 　 ねつ

度以上ある場合は、座薬を入れてください。では、お大
ど いじょう ばあい ざやく い 　 　 　 　 だい

事に。
じ

楊 ：ありがとうございました。
ヨウ

会話文の確認

Ⅰ 内容質問
<small>ないようしつもん</small>

1. 楊さんは（　　）でした。
<small>ヨウ</small>

A アレルギー　　　　　　　　B 風邪
　　　　　　　　　　　　　　　　<small>かぜ</small>

C デング熱　　　　　　　　　D インフルエンザ
　　<small>ねつ</small>

2. インフルエンザの検査は（　　）を使いました。
　　　　　　　　　　<small>けんさ</small>　　　　　　<small>つか</small>

A 尿　　　　　　　　　　　　B 血液
　<small>にょう</small>　　　　　　　　　　　　　<small>けつえき</small>

C 唾液　　　　　　　　　　　D 鼻の粘膜
　<small>だえき</small>　　　　　　　　　　　　<small>はな　ねんまく</small>

3. 白いカプセルは（　　）に飲みます。
　<small>しろ</small>　　　　　　　　　　　<small>の</small>

A 食前　　　　　　　　　　　B 食後
　<small>しょくぜん</small>　　　　　　　　　　　<small>しょくご</small>

C 熱が高いとき　　　　　　　D のどが痛いとき
　<small>ねつ　たか</small>　　　　　　　　　　　　　<small>いた</small>

4. 熱が 39 度以上ある場合は、（　　）。
　<small>ねつ</small>　　　<small>どいじょう</small>　　<small>ばあい</small>

A 赤いカプセルを飲みます　　B 白いカプセルを飲みます
　<small>あか</small>　　　　　　<small>の</small>　　　　　　<small>しろ</small>　　　　　　<small>の</small>

C 座薬を入れます　　　　　　D 病院へ行きます
　<small>ざやく　い</small>　　　　　　　　　　<small>びょういん　い</small>

Ⅱ インタビュー（聞いて答えよう）🎧155
<small>き　こた</small>

1.

→

2.

→

3.

→

4.

→

発話表現 🎧156

絵を見てください。こんなとき、何と言いますか。
え み   なん い

キーセンテンス 🎧157

1 失礼します。
しつれい
抱歉打擾了。

拜訪人家時，在要進門前常說的客套用語。

2 お大事に。
だい じ
請多保重。

身體不適去醫院時醫院的人對病人說的話，一般多用於對生病的人所說的話。

文型と練習

I　～かもしれません

説不定～、也許～、
有這個可能性。

158 ➥ 表示說話者當下的推測。

【例】A：高橋さんがずっと電話に出ないんだけど…。

　　　B：メールをしてみたら？毎日メールをチェックしているか
　　　　ら、返事が（ある）かもしれませんよ。

　　　A：そうですね。

① 客　　：今年の後半はよくなりますか？

　占い師：まず、カードを3枚引いてください。…はい。恋人のカー
　　　　ドが出ましたから、すてきな女性に（　　　）ことが
　　　　できるかもしれませんよ。

　客　　：やったあ！いい出会いがあるんだ。

　占い師：仕事運もいいですよ。社内で高く評価してくれて、給料
　　　　が（　　　）かもしれません。

　占い師：うーん…、健康運はあまり（　　　）かもしれませんね。
　　　　このカードは交通事故などに注意が必要という意味なん
　　　　です。

　客　　：わかりました。気を付けます。

2　〜場合は
　　　　　　ば あい
〜情況、〜時候。

159　➡　從可能發生的某些特殊狀況中，舉出一個做為問題提出來。

【例】男優：１週間僕からの連絡が１つも（　ない　）場合は、この封
　　　れい　だんゆう　　しゅうかんぼく　　れんらく　ひと　　　　　　　ば あい　　　　　　　　ふう
　　　　　　　　筒を新聞社に渡してください。
　　　　　　　　とう　しんぶんしゃ　わた

　　　監督：よし。カット。よくできたね。
　　　かんとく

① ガイド：これから、トンネルに入ります。途中気分が悪く（　　　　　）
　　　　　　　　　　　　　　　　　はい　　　とちゅうきぶん　わる
　　　　　　場合は、我慢せずにすぐ教えてくださいね。
　　　　　　ば あい　　がまん　　　　　　　おし

　　　見学者：はい。
　　　けんがくしゃ

② 教師：万一火災が（　　　　　）場合は、すぐ逃げてください。
　　　きょうし　まんいちかさい　　　　　　　ば あい　　　　　　に
　　　生徒：はい。わかりました。
　　　せいと

も っと知りたい

1　日本での漢方薬処方
　　　にほん　　　かんぽうやくしょほう

　　　在日本也有服用中藥的習慣。但跟台灣不同的是，日本並沒有中醫診所，而
是在一般的診所請求開立中藥或是在中藥房拿處方簽。多半用於不易治療的慢性
疾病或懷孕時須注意用藥安全等情況。

　　　日本人一聽到中藥，大多是別人送的伴手禮或是珍貴的物品等健康食品之類
的印象。在台灣，中藥與日常生活十分緊密，使用很普遍；但在日本，一般而言
中藥並不等同醫療。

　　　日本人如果身體不適，多半購買市售藥品服用。有趣的是，廣為大家所知的
市售藥品中也有中藥，但當事人卻完全沒意識到這件事。不少日本人會說「Ａ（沒
中藥成分）沒效，但Ｂ（有中藥配方成分）有效，經常服用」、「Ｃ（沒中藥成分）會
讓人嗜睡，但換成Ｄ（有中藥配方成分）之後，就沒有昏昏欲睡的問題」等，在不
知不覺中服用中藥的日本人也蠻多的。

会話3 友人に付き添ってクリニックへ 160

ここあ： （ゴホゴホ）

陽菜 ：ここあさん、風邪、まだ治らないんですか？
ひな　　　　　　　　　　　かぜ　　　なお

ここあ：ええ、この間薬屋で薬とシロップを買って飲んだんです
　　　　　　　　あいだくすりや　くすり　　　　　　　　　か　　　の
　　　　けど、なかなか治らないんですよ。
　　　　　　　　　　　なお

陽菜 ：それはいけませんよ。ちゃんと医者に診てもらったほう
ひな　　　　　　　　　　　　　　　　　　いしゃ　み
　　　　がいいと思いますよ。
　　　　　　　おも

ここあ：はい、そう思っているんですけど、前に病院では上着を
　　　　　　　　　おも　　　　　　　　　　　まえ　びょういん　うわぎ
　　　　脱がなければならないって聞いたことがあるので、ちょ
　　　　ぬ　　　　　　　　　　　　　き
　　　　っと嫌だなあと思っているんです。
　　　　　　いや　　　　おも

陽菜：えっ？そうですか？今はそんなことはないと思いますけ
ひな　　　　　　　　　　　　　　　　いま　　　　　　　　　　　　　　　　おも
　　　ど。私がよく行っている内科のクリニックへ連れて行き
　　　　わたし　　　い　　　　　　　ないか　　　　　　　　　　　　　つ　　い
　　　ましょうか。

ここあ：それは、たすかります。お願いします、陽菜さん。
　　　　　　　　　　　　　　　　　　　　　ねが　　　　　　　ひな

（診察後）
しんさつご

陽菜：どうでしたか？
ひな

ここあ：風邪だって。薬を飲んでゆっくり休んでくださいって。
　　　　かぜ　　　　　くすり　の　　　　　　　　　やす

陽菜：そう。じゃ、ゆっくり休まなくちゃね。
ひな　　　　　　　　　　　　やす

ここあ：はい。陽菜さん、今日はどうもありがとう。
　　　　　　　ひな　　　きょう

陽菜：いいえ、どういたしまして。
ひな

ここあ：陽菜さん、このごろ寒い日が続きますけど、陽菜さんは
　　　　ひな　　　　　　さむ　ひ　つづ　　　　　　ひな
　　　　風邪を引きませんね。
　　　　かぜ　ひ

陽菜：ええ、おかげさまで。普段から食事をバランスよく取っ
ひな　　　　　　　　　　ふだん　　しょくじ　　　　　　　　と
　　　ているし、ビタミンＣもたっぷり摂っていますから。
　　　　　　　　　　シー　　　　　　　　　と

ここあ：へえ、そうですか。

会話文の確認

Ⅰ 内容質問
ないようしつもん

1. ここあさんは（　　）を飲んでも治らないので、クリニックへ行
の　　　　　なお　　　　　　　　　　　　い
きました。

　Ａ薬局の薬　　　　　　　　　　Ｂ漢方の薬
　　やっきょく くすり　　　　　　　　かんぽう くすり
　Ｃクリニックの薬　　　　　　　Ｄ友達にもらった薬
　　　　　　　くすり　　　　　　　　ともだち　　　　　くすり

2. ここあさんは（　　）を脱がなければならないと聞いたので、ク
ぬ　　　　　　　　　　　き
リニックに行きたくないです。

　Ａくつ　　　　　　　　　　　　Ｂぼうし
　Ｃ上着　　　　　　　　　　　　Ｄ下着
　　うわ ぎ　　　　　　　　　　　　した ぎ

3. ここあさんは（　　）でした。

　Ａインフルエンザ　　　　　　　Ｂ風邪
　　　　　　　　　　　　　　　　　かぜ
　Ｃデング熱　　　　　　　　　　Ｄアレルギー
　　　　ねつ

4. 陽菜さんが風邪を引かないのは（　　）、ビタミンＣもたっぷり
ひな　　　かぜ　ひ　　　　　　　　　　　　　シー
摂っているからです。
と

　Ａ毎日温泉に入って　　　　　　Ｂ睡眠を十分に取って
　　まいにちおんせん はい　　　　　　すいみん じゅうぶん と
　Ｃストレスをためないで　　　　Ｄ食事をバランスよく取って
　　　　　　　　　　　　　　　　　しょく じ　　　　　　と

Ⅱ インタビュー（聞いて答えよう）161
き　　こた

　1.
　→

　2.
　→

　3.
　→

　4.
　→

発話表現 🎧162

絵を見てください。こんなとき、何と言いますか。
え み　　　　　　　　　　　　　なん い

大丈夫、僕に任せてください。

キーセンテンス 🎧163

1 それはいけませんよ。

那是不行的；那這樣不行耶。

聽見對方的不佳情況，所做出的反應。

2 たすかります。

那太好了（真是幫了大忙）！

對於受到別人的恩惠、幫助時，常說的感激話。

3 おかげさまで。

託您的福。

原本是受到別人的恩惠、恩典時的感謝話；在本課用於一般打招呼時的客套話。

文 型 と 練 習

I なかなか〜ない   總是無法〜。

164 ↱ 後接否定表現，表示「那樣做很困難、事情無法輕易地達到那種狀態」。

【例】A：（ゴホゴホ）

    B：Aさん、風邪、まだ治らないんですか？

    A：熱は下がったけれど、咳はなかなか（治らない）んですよ。

① A：毎日運動していますが、なかなか体重が（　　　　）ません。

    B：私も同じですよ。

② A：毎日見ているのに、日本語のニュースがなかなか（　　　　）ません。

    B：専門用語が多いですからね。難しいでしょう。

③ A：事故で、電車がなかなか（　　　　）ので、遅刻してしまいました。

    B：そうだったんですか。

2 ～なければなりません

必須～、非～不可。

165 ➜ 表示～是必要的、不可或缺的、義務性的意思。

【例】A：明日は6時の新幹線で大阪へ出張に行くので、朝5時に
あした　　じ　しんかんせん　おおさか　しゅっちょう　い　　あさ　じ

（ 起き ）なければなりません。今晩は早く寝ることにし
お　　　　　　　　　　　　　こんばん　はや　ね

ます。

B：そうですか。お休みなさい。
やす

① A：Bさん、今晩一緒に食事をしませんか？
こんばんいっしょ　しょくじ

B：すみません。今日は友達とゼミ発表の準備を（　　　　　）な
きょう　ともだち　　　はっぴょう　じゅんび

ければならないから、帰りが遅くなるんですよ。
かえ　　おそ

② 住人：家賃は毎月何日までに（　　　　　）なければなりませんか。
じゅうにん　やちん　まいつきなんにち

大家：毎月25日です。銀行振り込みでお願いしますね。
おおや　まいつき　にち　　　ぎんこうふ　こ　　　ねが

3 〜って（引用）
（你）所說的〜、
（他）說是〜。

166 ➜ 「と」之口語表達方式，傳達或引用聽到的內容。

【例】A：ごめんなさい。私、あなたとはもう会えないんです。

B：えっ？（ 会えない ）ってどういうことですか？

A：私、結婚することになったんです…。

① 専務：私の留守中にどこかから電話がありましたか？

秘書：はい、小林さんからお電話がございました。

専務：（　　　　　）って？三和銀行の小林さんのことですか？

秘書：そうです。三和銀行の小林一郎さんです。

専務：何だって？

秘書：「後ほどお電話する」とおっしゃっていました。

② A：明日のコンパに行けなくなったんですけど…。

B：えっ？Aさんが来なかったら面白くないですよ。

A：すみません。急用ができたんです。

B：（　　　　）って？

A：実は、デートなんですよ。

③ A：足にけがをして病院へ行ったって？

B：そうなんですよ。

A：医者は何だって？

B：骨は折れていないので、（　　　　）いらないって言いました。

A：そうですか。よかった。

もっと知りたい

1 うがい手洗い・風邪の予防法
てあら　　　かぜ　　　よぼうほう

　　為了預防感冒大家都會「回家要洗手」、「戴口罩」等，這些與日本無異。但在台灣還有不太為大家所知的有效預防感冒的方法。

　　那就是「漱口」。所謂「漱口」是藉由嘴巴含水來漱洗口腔和喉嚨。經由漱口，將附著在喉嚨的病毒或細菌等異物進行物理性的清除。且漱口所帶來的刺激可以促進黏膜的分泌和血液循環，提高喉嚨原本的預防機制，可以將病毒或細菌分泌破壞黏膜的酵素除掉，降低發炎機會。

　　正確的漱口，首先是稍用力將口中清水反覆地漱洗口腔各個部位，以便清除掉口腔內的食物殘渣或有機物質。然後，仰頭讓漱口液能到達喉嚨深處，含在嘴內漱口約 15 秒。第三次與第二次一樣，也是含在嘴內漱口約 15 秒。

会話4 整骨院・整形外科で　🎧167

モリ：失礼します。

医者：はい、どうぞ（かけてください）。どうしたんですか？

モリ：昨日階段で転んだんです。少し痛かったので、夜、湿布を
　　　貼って寝たんですが、朝起きたら、だいぶ腫れていたの
　　　で、ちょっとびっくりして…。

医者：ちょっと見せてください。まだ痛みますか。

モリ：はい、力を入れると痛いので、ゆっくり歩くのがやっとで
　　　すね。

医者：なるほど…。転んだとき、足首をひねりましたか。

モリ：はい、たぶん少しひねったと思います。

医者：軽いねんざだと思いますが、念のためレントゲンを撮り
　　　ましょう。

　　　廊下を左の方へ行くとレントゲン室がありますから、そち
　　　らへ行ってください。

（数分後）

医者：骨に異常はありませんね。

モリ：骨折していませんか？

医者：折れてませんよ。安心して。

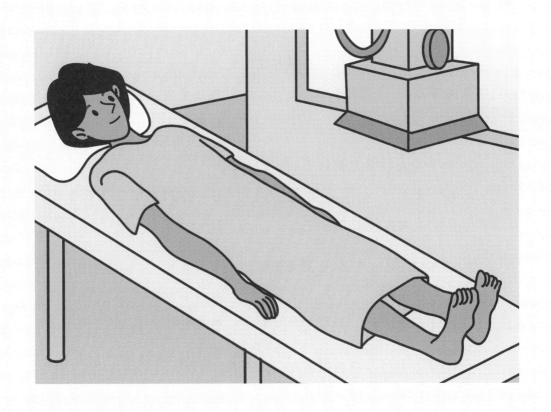

モリ：よかったー。

医者：じゃ、湿布を貼りますから、足を置いてください。湿布は
いしゃ　　　　　しっぷ　は　　　　　　　　　あし　お　　　　　　　　　　しっぷ

　　　一日１回貼り換えてください。
　　　いちにち　かい は　　か

モリ：はい、わかりました。先生、お風呂に入ってもいいです
　　　　　　　　　　　　　　　せんせい　　お ふ ろ　はい

　　　か？

医者：ええ、大丈夫ですよ。
いしゃ　　　　だいじょうぶ

モリ：どうもありがとうございました。

医者：はい、お大事に。
いしゃ　　　　おだいじ

会話文の確認

I 内容質問
ないようしつもん

1. モリくんは（　　）を撮りました。
と

    A 写真　　　　　　　　　　　　B ビデオ
      しゃしん

    C レントゲン　　　　　　　　　D 映画
                          えいが

2. モリくんは骨が折れて（　　）。
          ほね　お

    A いました　　　　　　　　　　B いなければなりません

    C いませんでした　　　　　　　D いるでしょう

3. 湿布は（　　）貼り換えます。
  しっぷ　　　　　　は　か

    A 一日１回　　　　　　　　　　B 一日２回
      いちにち　かい　　　　　　　　 いちにち　かい

    C 寝る前に　　　　　　　　　　D 朝起きたら
      ね　まえ　　　　　　　　　　　 あさお

4. モリくんは今日お風呂に（　　）。
           きょう　ふろ

    A 入りません　　　　　　　　　B 入りたくないです
      はい　　　　　　　　　　　　　 はい

    C 入れます　　　　　　　　　　D 入れません
      はい　　　　　　　　　　　　　 はい

II インタビュー（聞いて答えよう）🎧168
き　　こた

1.

→

2.

→

3.

→

4.

→

発話表現 🎧169

絵を見てください。こんなとき、何と言いますか。
え　み　　　　　　　　　　　　　　なん　い

キーセンテンス 🎧170

1 ちょっと見せてください。
　　　　　　　　　　み

請讓我看一下。

要求對方提供自己想看的事物。在此課是醫生看診時要求看病患患處的常用用語。

2 念のため。
　　　ねん

慎重起見；安全起見。

在醫院時常用於醫生在處理或診斷病情時，給予病患建議的常用語。

文型と練習

1 ～のがやっとです　　　　　　　　　　　　　勉強～、剛夠～而已。

171 ➥ 表示用盡了心力才達到眼前的狀態，有「那樣做已是最大限度，沒有再大的餘地了」之意。不能用於否定形。

【例】A：何年も英語を勉強していますが、辞書を引きながら本を（読む）のがやっとです。

B：そんなことないでしょう。

① A：私の家の前の道路はとても狭くて、車が１台（　　　　　）のがやっとです。

B：そんなに狭いんですか。

② A：父の給料が減って、一家が（　　　　　）のがやっとでした。

B：大変でしたね。

2 ～てもいいですか　　　　　　　　　　　　　可以～嗎？

172 ➥ 表請求許可的文型。

【例】A：この部屋を（使っ）てもいいですか。

B：すみませんが、その部屋は使用中です。

① トラックの運転手：すみませんが、荷物を降ろしますので、しばらくここに（　　　　　）てもいいでしょうか。

店の店員　　　　：はい、かまいませんよ。

② 先生：明日は10時に研究室に来てくれますか。

学生：あの、授業は10時までですので、ちょっと（　　　　　）てもいいでしょうか。

もっと知りたい

1 整形外科と美容形成外科
せいけいげ か　　びようけいせいげ か

　　日本的「整形外科」主要是在處理扭傷、跌打損傷、骨折、腰痛、關節疼痛。在台灣一聽到「整形外科」多半會以為是美容整形方面，但在日本則是由「美容形成外科」處理之。

　　「美容形成外科」只是整形外科治療的其中一項業務。整形外科的主要治療對象有下列四項。

1. 先天畸：先天畸形的矯治、重建。
2. 外傷　：特別是處理顏面，手指的外傷，及必須植皮手術之類的燒燙傷救治。
3. 腫瘤　：一般主要是治療各種皮膚，皮下腫瘤的病變。一般多用於母斑等良
　　　　　性手術較多。
4. 美容　：以美容為主的手術。

シャドーイング

ステップ1 🎧173

I. ➡

2. ➡

3. ➡

4. ➡

5. ➡

ステップ2 🎧174

I. ➡

2. ➡

3. ➡

ステップ3 🎧175

I. ➡

ロールプレイ

1. 風邪を引いたので、昨日薬を買って飲みましたが、今朝起きたら、熱が出て、また体中に湿疹が出て、かゆいです。急いで病院へ行ってお医者さんに診てもらいます。

2. 日本に来てから便秘で、困っています。一週間以上も便秘しているので、お医者さんに診てもらいます。

👥 会話スキルアップ 🎧176

Ⅰ 病院での慣用表現
びょういん　　　　かんようひょうげん

（1）受付
うけつけ
　① 初診ですか。
　　しょしん
　② 初めてですか。
　　はじ

（2）診察室
しんさつしつ
　① どうしたんですか。

　② どうかしましたか。

　③ どうしました？

（3）その他
た

①上着を脱いでください。
うわ ぎ　ぬ

②うしろをむいてください。

③そこに横になってください。
よこ

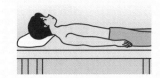
④あおむけになってください。

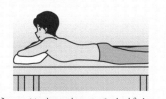
⑤うつぶせになってください。

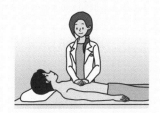
⑥ここは、どうですか。

⑦口を大きく開けて。
くち　おお　あ

⑧息を止めて。
いき　と

2 病状を言うとき
びょうじょう　い

(1) 「〜んです」がよく使われます。
つか

例 ゆうべから、熱が下がらないし、下痢も止まらないんです。
ねつ　さ　　　　　　　　げり　と

①鼻がつまっている
　はな

②鼻水が出る
　はなみず　て

③くしゃみが出る
　　　　　　て
　くしゃみが止まらない
　　　　　　と

④めまいがする
　くらくらする

⑤吐き気がする
　は　け
　むかむかする

⑥食欲がない
　しょくよく

⑦胃がむかむかする
　い

⑧だるい
　体の節々が痛い
　からだ　ふしぶし　いた

⑨ぞくぞくする
　寒気がする
　さむ　け

⑩〜がかゆい

（2）いろいろな痛み
　　　　　　いた

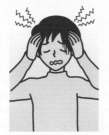

①頭ががんがん痛い
　あたま　　　　　　いた

②歯がずきずき痛い
　は　　　　　　　いた

③傷がずきずき痛む
　きず　　　　　　いた

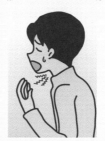

④（熱いスープを飲んで）
　あつ　　　　　　の
　のどがひりひり痛む
　　　　　　　　いた

⑤のどが痛くてガラガラだ
　　　　いた

⑥おなかがきりきり痛い
　　　　　　　　いた

7 許可を求める
きょか　　もと

> ウォーミングアップ
>
> ①授業中、急にお腹が痛くなりました。先生に何
> 　じゅぎょうちゅう　きゅう　　なか　いた　　　　　　　せんせい　なん
> と言いますか？
> 　い
> ②公園で可愛い犬を見ました。飼い主とどんな話
> 　こうえん　かわい　いぬ　み　　　　　　　か　ぬし　　　　　　はなし
> をしますか？

会話1 公園で 🎧177

（楊、公園のベンチに座っている）

女性：すみません。ここ、座ってもいいですか？

楊：はい、どうぞ。

（楊、女性が連れている犬を見て）

楊：かわいいワンちゃんですね。チワワ…ですか？

女性：いえ、トイプードルですよ。

楊：あ、トイブー…

女性：トイプードル。

楊：あ、すみません。あまり詳しくないので。でも、すごくきれいですね。

女性：あまり外で遊ばせないし、さっきトリミングしてきたところだから。

楊：トリーミン？

女性：うふふ、トリミング。カットやセットです。外国の方？

楊：はい。台湾から来ました。

女性：あ、台湾から。留学…ですか？

楊：はい、一年間の交換留学です。太陽大学で。あのう、なでてもいいですか？

女性：あ、いいですよ。ミクって言うんです。
じょせい　　　　　　　　　　　　　　　い

楊　：へえー、ミクちゃん。かわいいですね。漢字はどう書くん
ヨウ　　　　　　　　　　　　　　　　　　　　　　かんじ　　　　か

　　　ですか？

女性：漢字？漢字はないですよ。
じょせい　かんじ　　かんじ

楊　：あ、そうなんですか。あ、写真、撮ってもいいですか？
ヨウ　　　　　　　　　　　　　　　　しゃしん　と

女性：えっ、写真？写真はちょっと…。
じょせい　　　しゃしん　しゃしん

楊　：あ、だめですか。すみません…。
ヨウ

女性：あ、来た。友達が迎えに来たので、これで（失礼します）。
じょせい　　き　ともだち　むか　き　　　　　　　　　しつれい

楊　：はい。じゃ。
ヨウ

会話文の確認

I 内容質問
ないようしつもん

1. 女性が連れている犬は（　　）です。
   じょせい　　つ　　　　　　　　　いぬ

   A チワワ　　　　　　　　　　　　B トイブードル

   C トイプードル　　　　　　　　　D トリミング

2. 犬の名前は（　　）です。
   いぬ　　なまえ

   A ミク　　　　　　　　　　　　　B クミ

   C ミルク　　　　　　　　　　　　D クルミ

3. 女性が連れている犬はさっき（　　）に行ってきました。
   じょせい　　つ　　　　　　　　いぬ　　　　　　　　　　　　　　い

   A リハビリ　　　　　　　　　　　B カットやセット

   C 水泳　　　　　　　　　　　　　D 洗濯
   　すいえい　　　　　　　　　　　　　えんたく

4. 楊さんは女性が連れている犬の写真を（　　）です。
   ヨウ　　　じょせい　　つ　　　　　いぬ　しゃしん

   A 買いたかった　　　　　　　　　B もらいたかった
   　か

   C あげたかった　　　　　　　　　D 撮りたかった
   　　　　　　　　　　　　　　　　　　と

II インタビュー（聞いて答えよう）178
　　　　　　　　　き　　こた

1.

→

2.

→

3.

→

4.

→

発話表現 🎧179

絵を見てください。こんなとき、何と言いますか。
え　み　　　　　　　　　　　　なん　い

キーセンテンス 🎧180

1 写真はちょっと…。
しゃしん
照相的話，有點（不方便）…。

日文一般不會直接拒絕對方的請求，多用「ちょっと（有點）…」來委婉拒絕，

是拒絕時常用的慣用句。

2 これで（失礼します）。
しつれい
那麼就（先告辭了）。

日文也和中文一樣會有一些省略句，本句即是其中之一。

文 型 と 練習

I 〜せる・させる　　　　　　　　　　　　　　讓（對方）做〜。

181 ➡ 「〜せる・させる」表使役的助動詞。放任或允許對方做〜。

動詞の使役形の作り方
どうし　しえきけい　つく　かた

グループⅠ
行く→行かない＋せる→行かせる い　　　い　　　　　　　　い
読む→読まない＋せる→読ませる よ　　　よ　　　　　　　　よ
グループⅡ
食べる→食べない＋させる→食べさせる た　　　た　　　　　　　　　た
見る→見ない＋させる→見させる み　　　み　　　　　　　　み
グループⅢ
来る→来させる く　　こ
する→させる
散歩する→散歩させる さん ぽ　　　さん ぽ

【例】昨日は天気がよくて、涼しかったので、子供たちを一日中外で
　　れい　きのう　てんき　　　　　すず　　　　　　　　こ ども　　　いちにちじゅうそと

　　　（ 遊ばせ ）ました。
　　　　あそ

① 母A：あのう、息子さんが弁当屋さんで働いているのを見たんで
　　はは　　　　　　　むすこ　　　べんとうや　　　　はたら　　　　　　　み

　　　　すが…。

　　母B：「バイトをしたい」と言うので、（　　　　）ているんです。
　　はは　　　　　　　　　　　　　　い

② 医者：ご主人にこのままお酒を（　　　　）ていたら、病気になっ
　　いしゃ　　しゅじん　　　　　さけ　　　　　　　　　　びょうき

　　　　てしまいますよ。

　　妻　：いつも言っているんですけど、あまり聞いてくれないんです。
　　つま　　　　　い　　　　　　　　　　　　き

2 ～たところです　　　　　　　　　　　剛剛～。

182 ➥ 表動作、變化處於剛剛結束的時間點，與「今」「さっき」「ちょっと
前」等時間副詞一起使用的情況較多。前接「動詞た形」。
まえ

【例】後輩：ちょっと散歩にでも行きませんか？
れい　こうはい　　　　　　さんぽ　　　　い

先輩：ちょうど今宿題が（終わった）ところだから、いいよ。
せんぱい　　　　いましゅくだい　　お

① A：もしもし、今、大丈夫ですか？
いま　だいじょうぶ

B：あ、ちょうど今、家に（　　　　　　）ところです。大丈夫ですよ。
いま　いえ　　　　　　　　　　　　　　　だいじょうぶ

💡帰ってくる
かえ

② A：もしもし、林です。今、羽田空港に（　　　　）ところです。
はやし　　いま　はねだくうこう

これからそちらへ伺います。
うかが

B：はい、お待ちしております。
ま

③ A：来月の 8 日のコンサートの切符はまだありますか。
らいげつ　ようか　　　　　　　きっぷ

B：申し訳ありません。たった今、（　　　　）ところです。
もう　わけ　　　　　　　いま

もっと知りたい

1 トリマー（寵物美容師）

　　トリマー（寵物美容師）的工作是從事動物毛髮之修剪或做整體護理保
養。要當一名寵物美容師需有證照。但是寵物美容師並不是國家考試，而是民
間機構所發行相關證照。雖然沒有證照也可以從事寵物美容的工作，但是應徵
寵物美容室各項工作，若沒具備任何證照比較不容易被錄取。

　　寵物美容師可大分為兩類。一是跟狗相關的協會（例如愛犬・育犬協會）
或團體所發行的資格，跟寵物美容技術有關。另一是寵物相關的專門學校等所
發行，屬學校體系的資格認證。有些學校有獨自的標準，不是只有寵物美容的
技術，還包括動物管理之整體知識、技術分級認定等制度。

会話2 レポートの提出期限を延ばしてもらう　🎧183

（田中先生の研究室前）

モリ　　：トントントン！（ドアノック）

田中先生：はい。どうぞ。

モリ　　：失礼します。（研究室に入る）

田中先生：あら、モリくん。今日はどうしたんですか。

モリ　　：あのう、先生、レポートのことなんですが。

田中先生：あ、明日締め切りの。

モリ　　：はい。申し訳ありませんが、来週提出してもよろしい

　　　　　でしょうか。

田中先生：え、まだできていないんですか？

モリ　　：はい。実は、ここ1週間風邪でずっと寝ていたんです。

田中先生：そう。それは仕方ないですね…。

モリ　　：どうもすみませんでした。

田中先生：いいえ。顔も赤いし、まだ体調が悪そうですね。ちゃ

　　　　　んと治さないと。

モリ　　：はい。今朝やっと少しよくなったんです。

田中先生：そうですか。
たなかせんせい

モリ　　：ええ。来週月曜日には必ず出しますので、お願いいた
らいしゅうげつようび　　　　かなら　だ　　　　　　　　　　ねが
　　　　　します。

田中先生：はい、わかりました。構いませんよ。じゃ、月曜日にね。
たなかせんせい　　　　　　　　　　　かま　　　　　　　　　　げつようび

モリ　　：ありがとうございます。では、失礼します。
しつれい

田中先生：はい。お大事にね。
たなかせんせい　　だいじ

会話文の確認

I 内容質問
ないようしつもん

1. レポートの締め切りは（　　）です。
   し　き

   A 昨日　　　　　　　　　　　　　B 今日
   きのう　　　　　　　　　　　　　　きょう
   C 明日　　　　　　　　　　　　　D あさって
   あした

2. モリくんは（　　）ために、田中先生の研究室へ行きました。
   たなかせんせい　けんきゅうしつ　い

   A レポートを提出する
   　　　　　ていしゅつ
   B レポートの提出期限を延ばしてもらう
   　　　　　ていしゅつきげん　　の
   C レポートの内容について相談する
   　　　　　ないよう　　　　　そうだん
   D レポートの内容について質問する
   　　　　　ないよう　　　　　しつもん

3. モリくんは（　　）まだできていないので、レポートの提出期限
                                                                ていしゅつ　きげん
   を延ばしてもらいたいです。
   の

   A レポートの締め切りを忘れて　B レポートを失くして
   　　　　　　し　き　　　わす　　　　　　　　　な
   C 資料が見つからなくて　　　　D 風邪でずっと寝ていて
   しりょう　み　　　　　　　　　　かぜ　　　　ね

4. モリくんは（　　）レポートを出します。
   　　　　　　　　　　　　　だ

   A 今週の月曜日　　　　　　　　B 来週の月曜日
   こんしゅう　げつようび　　　　　らいしゅう　げつようび
   C 今日　　　　　　　　　　　　D 明日
   きょう　　　　　　　　　　　　あした

II インタビュー（聞いて答えよう）184
          き　　こた

1.
→

2.
→

3.
→

4.
→

発話表現 ◀186

絵を見てください。こんなとき、何と言いますか。
え　み　　　　　　　　　　　　　なん　い

キーセンテンス ◀186

1 申し訳ありませんが。
もう　わけ
萬分抱歉；非常不好意思。

比「すみません」、「ごめんなさい」等更為客氣、禮貌的說法，表無法有任何

辯解和理由的歉意。

2 それは仕方ないですね。
しかた
那只好如此了；那就沒辦法了。

表示別無其他方法的意思。其口語是「しようがない（しょうがない）」。

3 構いませんよ。
かま
不要緊、沒關係喔。

是「かまわない」的客氣說法。

文型と練習

1 まだ～ていません　　　　　　　　　　還沒～、還未～。

187　➥ 表示原本預定的事還沒完成或尚未進行。

【例】A：例のこと、田中さんに言いましたか。

B：まだ（ 言っ ）ていません。

① A：もう晩ご飯を食べましたか。

B：いいえ、まだ（　　　　）ていません。

② 先生：卒業後、進学するか就職するか、もう決めましたか。

学生：いいえ、まだ（　　　　）ていないんです。

2 ～ないと　　　　　　　　　　　　　　不～不行、必須～。

188　➥ 表示義務、建議的文型。後面多半接續「いけない／だめだ」等語意。

【例】店長：急にバイトを休むときは、店に（ 連絡しないと ）いけ
ませんよ。

学生：はい、すみませんでした。

① A：いつハワイへ行くんですか？

B：今度のゴールデンウイークです。

A：じゃ、飛行機もホテルもすぐいっぱいになってしまいますか
ら、早く（　　　　）。

② 子：パパみたいに大きくなりたい！

母：じゃ、これから好き嫌いしないで、いっぱい（　　　　）ね。

もっと知りたい

敲門的次數

　　日本的房間是以紙拉門來隔間，所以沒有敲門的習慣。從歐美的敲門禮儀來看，敲 2 下，一般稱為化妝室敲門，是為確認裡面是否有人。敲 3 下是拜訪親友，敲 4 下則是初次上門拜訪或禮貌上有其必要性。但是，在日本做過統計調查，發現大多數的日本人多是敲 2 下。商務場合，如果敲 4 下有人覺得太多，一般多認為敲 3 下最恰當。又，也有人認為敲幾下倒沒有那麼重要。所以在充分理解以上情況後，決定敲 3 下就夠了，不介意別人要敲 2 下或 4 下都可以。

会話3 バイト先で 🎧189

ここあ：店長、今よろしいですか。
　　　　てんちょう　いま

店長　：ええ、どうかしましたか。
てんちょう

ここあ：あの、ちょっとお願いがあるんですが…。
　　　　　　　　　　　　　ねが

店長　：はあ。
てんちょう

ここあ：実は来週の土曜日に兄の披露宴があるんです。それで、
　　　　じつ　らいしゅう　どようび　あに　ひろうえん

　　　　来週の金曜日から3日間休ませていただきたいのです
　　　　らいしゅう　きんようび　　みっかかんやす

　　　　が…。

店長　：そうですか。その3日間のシフトはもう代わりの人にお
てんちょう　　　　　　みっかかん　　　　　　　　か　　　ひと

　　　　願いしてありますか。
　　　　ねが

ここあ：いえ、まだです。

店長：じゃ、まだ時間がありますから、代わりの人を探してく
てんちょう　　　　じかん　　　　　　　　　　か　　　ひと　さが
ださい。

ここあ：はい、わかりました。

（同僚の木村さんに代わりを頼む）
どうりょう　きむら　　　か　　　たの

ここあ：（シフト表を見ながら）あの、木村さん、来週の週末はシ
ひょう　み　　　　　　　きむら　　　らいしゅう　しゅうまつ
フト入っていないようですが…。
はい

木村：ええ。
きむら

ここあ：実は、急用ができたので、代わっていただけませんか。
じつ　きゅうよう　　　　　　　か

木村：来週の週末ですか。いつですか。
きむら　らいしゅう　しゅうまつ

ここあ：金、土、日の10時から16時までです。
きん　ど　にち　　じ　　　　じ

木村：大丈夫ですよ。
きむら　だいじょうぶ

ここあ：たすかります。よろしくお願いします。
ねが

木村：わかりました。
きむら

（店長に報告する）
てんちょう　ほうこく

ここあ：店長、シフトのことなんですが…。
てんちょう

店長：ああ、王さん、代わりの人は見つかりましたか。
てんちょう　　　オウ　　　か　　　ひと　み

ここあ：ええ、木村さんに代わってもらうことになりました。
きむら　　か

店長：わかりました。
てんちょう

ここあ：いろいろとお手数お掛けいたしました。
てすう　か

会話文の確認

I 内容質問
ないようしつもん

1. ここあさんは来週の（　　）にお兄さんの披露宴に出席します。
   らいしゅう　　　　　　　　　にい　　　　ひろうえん　しゅっせき

   A 木曜日　　　　　　　　　　　　B 金曜日
     もくようび　　　　　　　　　　　　きんようび

   C 土曜日　　　　　　　　　　　　D 日曜日
     どようび　　　　　　　　　　　　にちようび

2. ここあさんは来週の（　　）アルバイトを休みます。
   らいしゅう　　　　　　　　　　　　　　　　やす

   A 金曜日　　　　　　　　　　　　B 土曜日
     きんようび　　　　　　　　　　　　どようび

   C 金曜日と土曜日　　　　　　　　D 金曜日と土曜日と日曜日
     きんようび　どようび　　　　　　　きんようび　どようび　にちようび

3. 来週（　　）はここあさんの代わりに働きます。
   らいしゅう　　　　　　　　　　　か　　　はたら

   A 木村さん　　　　　　　　　　　B 中村さん
     きむら　　　　　　　　　　　　なかむら

   C 志村さん　　　　　　　　　　　D 店長
     しむら　　　　　　　　　　　　てんちょう

4. ここあさんの代わりに働く時間帯は（　　）です。
   か　　　はたら　じかんたい

   A 9時から16時まで　　　　　　B 10時から16時まで
     じ　　　じ　　　　　　　　　　じ　　　じ

   C 9時から14時まで　　　　　　D 10時から14時まで
     じ　　　じ　　　　　　　　　　じ　　　じ

II インタビュー（聞いて答えよう）　190
き　こた

1.

→

2.

→

3.

→

4.

→

発 話 表現 🎧 191

絵を見てください。こんなとき、何と言いますか。
え み　　　　　　　　　　　　　　なん　い

来週、一週間休むんですね。

キーセンテンス 🎧 192

1 休ませていただきたいのですが。
　　やす
想跟您請假（希望您能准假）。

「ていただく」是「てもらう」的敬語形式。

2 いろいろとお手数お掛けいたしました。
　　　　　　　て すう　　か
給您添了很多麻煩；讓您多費心了。

受到他人關照等的常用客氣說法。

文型と練習

1 〜（さ）せていただきます　　　　　　請允許、讓我來〜。

193 ➥ 說話者請求允許的句型。前接「動詞使役形」。

【例】先生：誰か、この仕事をやってくれませんか。

学生：先生、私に（ やらせ ）ていただけませんか。

① Ａ：私はすぐには決められません。ちょっと（　　　　）ていた

だけますか。

Ｂ：いいですよ。ゆっくり考えてください。

② 学生：先生、ちょっと（　　　　）ていただきたいんですが。実は、

歯が痛いので、歯医者へ行きたいんです。

先生：ああ、いいですよ。

💡 早退する

2 〜てあります（完了）　　　　　　　已經〜好了。

194 ➥ 表示事情準備完畢。

【例】Ａ：陳さんにもう場所と時間を（ 知らせ ）てありますか。

Ｂ：いいえ、まだです。これからメールで知らせます。

① Ａ：チケットは買いましたか。

Ｂ：はい、（　　　　）てあります。

Ａ：車のレンタルは？

Ｂ：あっ、それはまだです。

② Ａ：パスポートは？

Ｂ：なくさないように、かばんの中に（　　　　）てあります。

3 〜ようです   好像〜、似乎〜。

195 ➥ 說話者以自己的感覺、觀察而推測出某判斷結果。

與輕鬆的口語表現「みたいだ」同。

【例】A：どうしたんですか？顔色が悪いですよ。
　　　　　　　　　　　　　かおいろ　わる

　　　B：鼻水が止まらないんです。風邪を（ 引いた ）ようです。
　　　　　　はなみず　と　　　　　　かぜ　ひ

① 店長：入口のベルが（　　　　　）ようですよ。誰か来たのかな。
　　てんちょう　いりぐち　　　　　　　　　　　　　　だれ　き

　　店員：ちょっと見てきます。
　　てんいん　　　　　み

② A：社長は赤ワインが（　　　　　）ようですね。レストランでい
　　　しゃちょう　あか

　　　つも赤ワインを注文します。
　　　　　あか　　　　ちゅうもん

　　B：ああ、そのようですね。

も っと知りたい

I 日本大學生打工現況

　　在日本有很多學生會去打工。目的多元，但不外是為解決經濟壓力以賺錢為目的和有利未來就業考量的「提早接觸社會、增加自我的社會經驗」。

　　根據獨立行政法人日本學生支援機構於 2016 年所發表的「平成 26 年度学生生活調査」結果顯示：大學日間部有 73.2％的學生在打工，其中的 34.9％
へいせい　ねんどがく
せいせいかつちょうさ
是因為單靠家裡資助不夠支付學費，而 38.3％則靠家裡資助即足夠。

　　大學生大多在速食店或超商等零售商店打工，其次是家教。平均每週的工時是 9.43 小時。

　　又，根據 2013 年度的年輕人白皮書所示，打工經驗帶來的自我變化，最多是「有責任感」佔 35.4％。其次是「具金錢意識」佔 27％，「較有同理心」佔 24.9％，「較有時間觀念」佔 21.6％。

　　因此很明顯的，對大學生而言，打工確實是貼近現實社會、累計經驗的絕佳場所。

会話4 生け花教室 🎧196

（北山家（きたやまけ）で）

モリ：わあ！すてきですね。この生け花（いばな）。

波奈（はな）：あ、本当（ほんとう）？ありがとう。最近（さいきん）、花嫁修業（はなよめしゅぎょう）でちょっと習（なら）っているんです。

モリ：ああ、聞（き）いたことあります。日本（にほん）では結婚前（けっこんまえ）にお花（はな）とかお茶（ちゃ）を習（なら）うって。お花（はな）のお稽古（けいこ）を始（はじ）めたんですね。

波奈（はな）：そう。でも、なかなかうまくならなくて…。

モリ：一度実際（いちどじっさい）に見（み）てみたいと思（おも）っていたんですけど…、今度（こんど）、お姉（ねえ）さんのお稽古（けいこ）を見（み）に行（い）ってもいいですか。

波奈（はな）：ええ、いいですよ。先生（せんせい）に紹介（しょうかい）しますよ。

（生け花教室（いばなきょうしつ）で）

先生（せんせい）：ああ、波奈（はな）さん、そんなに力（ちから）を入（い）れなくてもいいですよ。

波奈（はな）：はい。これでいいですか。

先生（せんせい）：いいですね。

波奈（はな）：先生（せんせい）、この葉（は）を切（き）っても構（かま）いませんか。

先生（せんせい）：いいえ、切（き）ってはいけませんよ。ほら、この葉（は）を残（のこ）しておいたほうがいいでしょう。

波奈：はい。確かに。
はな　　　たし

先生：それを生けてから、ここにお花を生けたほうがいいです
せんせい　　　　い　　　　　　　　　　　はな　い

よ。少し下に向けるように…。
すこ　した　む

波奈：はい。
はな

（外に出て）
そと　で

モリ：生け花は本当に難しいですね。
い　ばな　ほんとう　むずか

波奈：そうですね。もっと頑張らないとね。
はな　　　　　　　　　　　がんば

会話文の確認

Ⅰ 内容質問
（ないようしつもん）

1. 波奈さんは（　　）を習っています。
（はな）　　　　　　　　　　（なら）

A 柔道　　　　　　　　　　　B 料理
（じゅうどう）　　　　　　　　（りょうり）

C 茶道　　　　　　　　　　　D 生け花
（さどう）　　　　　　　　　　（いばな）

2. 波奈さんは（　　）で、生け花を習っています。
（はな）　　　　　　（いばな）（なら）

A 趣味　　　　　　　　　　　B 花嫁修業
（しゅみ）　　　　　　　　　　（はなよめしゅぎょう）

C 資格をとりたいの　　　　　D 生け花の先生が好きなの
（しかく）　　　　　　　　　　（いばな）（せんせい）（す）

3. モリくんは（　　）。

A 花嫁修業中です　　　　　　B 生け花教室へ行きました
（はなよめしゅぎょうちゅう）　（いばなきょうしつ）（い）

C 生け花教室で教えています　D 生け花がとても上手です
（いばなきょうしつ）（おし）　　（いばな）（じょうず）

4. （　　）は生け花は難しいと思っています。
（いばな）（むずか）　（おも）

A モリくんと波奈さん　　　　B モリくんと先生
（はな）　　　　　　　　　　（せんせい）

C 波奈さんと先生　　　　　　D 先生と陽菜さん
（はな）（せんせい）　　　　　（せんせい）（ひな）

Ⅱ インタビュー（聞いて答えよう）🎧 197
（き）（こた）

1.

→

2.

→

3.

→

4.

→

 198

絵を見てください。こんなとき、何と言いますか。
え み　　　　　　　　　　　　　　　　なん　い

キーセンテンス 199

1 これでいいですか？

這樣可以嗎？

對於自己所完成的事，徵詢對方意見時的常用句。

2 もっと頑張らないと…。
がんば

必須更加努力；不更努力的話（不行）…。

用於砥礪自己的常用語。

文型と練習

1 ～てはいけません   不行～、不准～。

200 ➥ 表示禁止的文型。

【例】子：お母さん、公園へ行きたいな。

母：遊びに（ 行っ ）てはいけません。宿題、まだ終わってい

ないでしょう？

① A：ここは駐車禁止です。ここに車を（   ）てはいけません。

B：すみません。

② 先生：目上の方に「うん」と（   ）てはいけませんよ。「は

い」と言ってください。

学生：はい、わかりました。

2 ～ておきます   事先～。

201 ➥ 表示「事先進行某動作」的意思。

【例】A：明日の一時間目は地理の授業ですね。

B：じゃ、日本地図を（ 掛け ）ておいたほうがいいですね。

① A：会議の前に、資料のコピーを（   ）ておいてください。

B：はい、わかりました。

② A：部屋に誰もいませんが、冷房がついていますよ。

B：後でお客が来るので、冷房を（   ）ておきました。

3 ～ように（してください）　　　　　　要～、請～。

🎧202 ➥ 對聽話者表示忠告或勸告的表達方式。後半部使用「しなさい」、「してください」、「お願いします」等動詞，但在會話中可省略，而以「ように」結尾。
ねが

【例】　先生：最近時間を守らない人が多いですよ。集合時間は必ず
れい　せんせい　　さいきん じ かん　まも　　　　ひと　おお　　　　　　　しゅうごう じ かん　　かなら

　　　　　　（守る）ように！
まも

　　　学生：はい。
がくせい

① 先生：明日は試験だから、（　　　　）ようにしてください。
せんせい　　あした　し けん

　　学生：はい。遅れないようにします。
がくせい　　　おく

② 医者：体に悪いですから、たばこを（　　　　）ようにしてくだ
い しゃ　からだ わる

　　　　さい。

　　患者：はい、わかりました。
かんじゃ

もっと知りたい

1 研習花道（日式花藝）或茶道

花道（又稱為「華道」，因古字「花」與「華」相通。）或茶道這類有附加「道」字的，都是具有悠久歷史的傳統技藝，不少女性將其當作婚前的準備項目。但是近幾年，由於不具實用性，學習人數似乎遞減中。日文有「きわめる」和「たしなむ」兩個用於研習技藝方面的語彙。「きわめる」表示鑽研之意，而「たしなむ」則是表示稍有涉獵、略為通曉之涵義。

若從婚前準備項目來看，與其說是要鑽研倒不如說是涉獵來得貼切。因為至少先學些基礎禮法，將來總會有派上用場的時候吧。

2 花道三大流派

池坊　：日本最古老的插花流派，擁有最多的會員數。雖然風格給人歷史感和傳統性較重，但也有現代風的作品。

小原流：以色彩與寫景的表現為重心，是一種與生活相結合的插花表現。

草月流：近世新流派，不限於花卉與植物等素材，脫離形式和規範，凸顯插花者的個人風格。

👥 シャドーイング

ステップ 1　🎧 203

1. ➡
2. ➡
3. ➡
4. ➡
5. ➡

ステップ 2　🎧 204

1. ➡
2. ➡
3. ➡

ステップ 3　🎧 205

1. ➡

👥 ロールプレイ

1. 来週の金曜日、姉の結婚式があるので、1 日授業を休みたいです。先生に
　らいしゅう　きんようび　あね　けっこんしき　　　　　　　　にちじゅぎょう　やす　　　　　　　　　　せんせい
　何と言いますか。
　なん　い

2. 両親が国から日本へ来ます。空港へ迎えに行かなければならないので、10
　りょうしん　くに　にほん　き　　　　くうこう　むか　い
　時半から始まる日本語の授業に遅れることを先生に話します。
　じはん　はじ　にほんご　じゅぎょう　おく　　　　　　　せんせい　はな

会話スキルアップ 206

☐ 許可を求めるとき、先に理由を言います。
きょか　もと　　　　　　さき　りゆう　い

(1) 理由 んです。〜ても＋いいですか／よろしいでしょうか。
　　りゆう

① 先生、まだ資料が足りないんです。レポートの提出は来週でもよろ
　せんせい　　　　　しりょう　た　　　　　　　　　　　　　ていしゅつ　らいしゅう
しいでしょうか。

(2) 理由 ので、〜たいんですが／ですけど。
　　りゆう

① ゼミで使うので、コピーしたいんですけど。
　　　　つか

2 すぐ許可してもらえないとき
　　　きょか

(1) 条件を提示したりして交渉します。
　じょうけん　ていじ　　　　　こうしょう

① 必ずいいレポートに完成させますので、お願いいたします。
　かなら　　　　　　　かんせい　　　　　　　　　ねが

② 10枚だけでいいんです。次からはコンビニでコピーしてきますので、
　まい　　　　　　　　　つぎ
今回だけお願いします。
こんかい　　ねが

③ そこを何とかお願いいたします。今後はもっと頑張りますので。
　　　なん　　ねが　　　　　　　　こんご　　　　　がんば

8 依頼をする・依頼を受ける／断る
いらい　　　　　いらい　う　　　　ことわ

ウォーミングアップ

①旅行先で、知らない人に写真を頼むとき、どう
りょこうさき　　　し　　　　ひと　　しゃしん　たの
言いますか？
い

②友達に引っ越しの手伝いを頼まれましたが、断
ともだち　ひ　こ　　　てつだ　　たの　　　　　　　　　　ことわ
りたいです。どう言いますか？
い

会話1 通訳の依頼 🎧207

陽菜：楊さん。

楊　：あ、陽菜さん。

陽菜：楊さん、この前通訳のアルバイトをしたって言っていましたよね。

楊　：ええ、やりましたけど。

陽菜：あのう、父が中国語の通訳を探していて、ぜひ楊さんにお願いしたいって言っているんです。

楊　：通訳ですか。いつですか。

陽菜：来週の土曜日です。中国からのお客さんで、もう長い付き合いなんですよ。

楊　：そうですか。

陽菜：楊さんにお願いできますか。

楊　：うーん、実は来週の土曜日、野球の練習試合があるんです。それで土曜日はちょっと難しいんですが。

陽菜：そうなんですか。

楊　：ええ、メンバーも9人ギリギリなんですよ。

陽菜：そうですか。それなら、仕方がないですね。
ひな　　　　　　　　　　　　　しかた

楊　：何もなければ、ぜひやらせてもらうんですが…。すみません。
ヨウ　なに

陽菜：いえ、大丈夫です。他の人に聞いてみますから。
ひな　　　　だいじょうぶ　　　ほか　ひと　き

楊　：お役に立てなくてすみません。また今度お願いします。
ヨウ　　やく　た　　　　　　　　　　　　こんど　ねが

陽菜：はい。野球、頑張ってくださいね。
ひな　　　　やきゅう　がんば

楊　：ありがとうございます。頑張ります。
ヨウ　　　　　　　　　　　　　がんば

会話文の確認

I 内容質問
ないようしつもん

1. 楊さんは通訳のアルバイトを（　　）。
ヨウ　　　　つうやく

   A したいです　　　　　　　　　　B したことがあります

   C したくないです　　　　　　　　D したことがありません

2. 来週の土曜日楊さんは（　　）。
らいしゅう　どようびヨウ

   A 中国語の通訳をします　　　　　B 野球の練習試合があります
   ちゅうごくご　つうやく　　　　　　　やきゅう　れんしゅうじあい

   C 学校でアルバイトをします　　　D 中国語を教えます
   がっこう　　　　　　　　　　　　　ちゅうごくご　おし

3. （　　）から、陽菜さんは楊さんに通訳を頼みたいです。
   ひな　　ヨウ　　つうやく　たの

   A 楊さんは台湾人です
   ヨウ　　　たいわんじん

   B 楊さんは翻訳が得意です
   ヨウ　　　ほんやく　とくい

   C 陽菜さんのお父さんに言われました
   ひな　　　とう　　い

   D 楊さんは野球が上手です
   ヨウ　　　やきゅう　じょうず

4. 来週の土曜日の通訳は（　　）。
らいしゅう　どようび　つうやく

   A 他の人に頼みます　　　　　　　B だれにも頼みません
   ほか　ひと　たの　　　　　　　　　　　　　たの

   C 陽菜さんがします　　　　　　　D 楊さんがします
   ひな　　　　　　　　　　　　　　ヨウ

II インタビュー（聞いて答えよう）🎧208
き　　こた

1.

→

2.

→

3.

→

4.

→

発話表現 🎧209

絵を見てください。こんなとき、何と言いますか。
え み　　　　　　　　　　　　　　なん い

キーセンテンス 🎧210

1 ちょっと難しいんですが。
むずか

有點困難耶～。

日語中為避免直接拒絕對方請託，傷害彼此感情時，較為委婉的說法。

2 お役に立てなくてすみません。
やく た

很抱歉！沒能幫上您的忙。

幫不上忙時的慣用表達用語。

文型と練習

1 ～ば　　　　　　　　　　　　　　如果～。

211 ➥ 表示假設的用法。

仮定形の作り方
かていけい　つく　かた

			仮定形肯定 かていけいこうてい	仮定形否定 かていけいひてい
動詞 どうし	I	行く い	行けば い	行かなければ い
		飲む の	飲めば の	飲まなければ の
	II	食べる た	食べれば た	食べなければ た
		始める はじ	始めれば はじ	始めなければ はじ
	III	来る く	来れば く	来なければ こ
		する	すれば	しなければ
い形容詞 けいようし		安い やす	安ければ やす	安くなければ やす
		いい／よい	よければ	よくなければ
な形容詞 けいようし		暇だ ひま	※（暇なら） ひま	暇じゃなければ ひま
		だめだ	※（だめなら）	だめじゃなければ
名詞 めいし		雨だ あめ	※（雨なら） あめ	雨じゃなければ あめ
		いい天気だ てんき	※（いい天気なら） てんき	いい天気じゃなければ てんき

【例】A：求人広告を見ましたか？時給がすごく高いですね。
　れい　　きゅうじんこうこく　み　　　　じきゅう　　　　　たか

　　　B：それは英検準 1 級の資格が（　なけれ　）ば応募できないで
　　　　　えいけんじゅんいっきゅう　しかく　　　　　　　　おうぼ
　　　すよ。

① A：今日、これから何も予定が（　　　　）ば、一緒に飲みに行
　　きょう　　　　　　なに　よてい　　　　　　　　いっしょ　の　い
　　きませんか？

　　B：行きたいですけど…、これから？
　　　い

　　A：あ、時間が（　　　　）ば、大丈夫ですよ。また今度にしま
　　　　じかん　　　　　　　だいじょうぶ　　　　こんど
　　しょう。

228

②

<お知らせ>　**市民健康マラソン**
　　　　　　　　　　し　みんけんこう

開催日　：８月８日（土）
かいさいび　　　　がつようか　ど

雨の場合：９日に延期。＊９日も雨の場合は中止。
あめ　ばあい　　ここのか　えんき　　ここのか　あめ　ばあい　ちゅうし

参加賞　：オリジナルＴシャツ
さんかしょう　　　　　　　　　　ティー

参加費　：1000円（中止の場合は返金します）
さんかひ　　　　　　えん　ちゅうし　ばあい　へんきん

Ａ：マラソン、今月の８日ですか。
　　　　　　　　こんげつ　ようか

Ｂ：ええ、雨が（　　　　　）ば８日ですが、台風が心配ですね。
　　　　　あめ　　　　　　　　　ようか　　　　たいふう　しんぱい

Ａ：台風は進路が変わったそうですよ。
　　たいふう　しんろ　か

Ｂ：よかった。あ、Ａさんも参加しませんか？（　　　　　）ば、Ｔ
　　　　　　　　　　　　　　　さんか　　　　　　　　　　　　　ティー

シャツがもらえますよ。

もっと知りたい

Ⅰ 口譯者的資質和條件

　　有人認為會外語就可以進行口譯，但是外語流利只不過是口譯者必須具備的基本條件。口譯者是以特殊的方法靈活運用自己所具備的外語知識。因此，為了能熟練地活用此方法，口譯者必須具備下列的資質。

　　1. 冷靜傾聽別人的發言，並且完全接受其全部內容。
　　2. 臨場應變能力。
　　3. 具備能在短時間內當場將對方的發言重現之絕佳記憶力。

　　筆譯與口譯是完全不同的。口譯者不像筆譯者有充分足夠的時間。也沒有字典或資料可供參考，及反覆斟酌推敲。在有限時間，甚至有時連思考的時間都沒有的情況下必須及時以聽眾可以理解的語言進行口譯。這種時間上的緊迫感，會帶給口譯者極大的壓力，所以承受長時間的緊張狀態持續進行口譯，是件很辛苦的事。

会話2 披露宴のスピーチを頼む 🎧212

（田中先生の研究室前）
<ruby>田中先生<rt>た なかせんせい</rt></ruby>　<ruby>研究室前<rt>けんきゅうしつまえ</rt></ruby>

波奈　：トントントン（ドアノック）
はな

田中先生：はい、どうぞ。
たなかせんせい

波奈　：失礼します。　（研究室に入る）
はな　　　しつれい　　　　　けんきゅうしつ　はい

　　　　先生、ごぶさたしております。
　　　　せんせい

田中先生：北山さん、本当に久しぶりですね。
たなかせんせい　きたやま　　ほんとう　ひさ

波奈　：先生、昨日お電話でもお話ししたんですが。
はな　　せんせい　きのう　でんわ　　　　はな

田中先生：ええ、頼みって何ですか。
たなかせんせい　　たの　　　なん

波奈　：はい。実は、6月に結婚することになりまして…。
はな　　　　　じつ　　がつ　けっこん

田中先生：そうですか。それはおめでとう。
たなかせんせい

波奈　：それで、ぜひ田中先生に結婚式に来ていただきたいん
はな　　　　　　　たなかせんせい　けっこんしき　き

　　　　ですが。

田中先生：ええ、もちろん、喜んで。
たなかせんせい　　　　　　よろこ

波奈　：ああ、うれしいです。それで、よろしければ、披露宴
はな　　　　　　　　　　　　　　　　　　　　　ひろうえん

　　　　で先生にスピーチをお願いしたいと思っているんです
　　　　せんせい　　　　　　　ねが　　　　　　おも

　　　　が…。

田中先生：え、スピーチですか。スピーチはあまり得意じゃない
たなかせんせい　　　　　　　　　　　　　　　　とくい

からね…。

波奈　：突然のお願いで恐縮なんですが、田中先生には学生時
はな　　とつぜん　　ねが　　きょうしゅく　　たなかせんせい　　がくせいじ

　　　　代お世話になりましたし、ぜひお願いしたいんですが。
　　　　だい　せわ　　　　　　　　　　　　　　ねが

田中先生：うーん。じゃ、短くてもいいですか。
たなかせんせい　　　　　　みじか

波奈　：ええ、お言葉が頂けるだけで、うれしいです。
はな　　　　　　ことば　　いただ

田中先生：じゃ、あまり上手じゃないけど、私でよかったら。
たなかせんせい　　　　　じょうず　　　　　　　　わたし

波奈　：ありがとうございます。では、よろしくお願いいたし
はな　　　　　　　　　　　　　　　　　　　　　　ねが

　　　　ます。

会話文の確認

Ⅰ 内容質問
ないようしつもん

1. 波奈さんは 6 月に（　　）します。
はな　　　　がつ

 Ａ 入学   Ｂ 卒業
  にゅうがく   そつぎょう

 Ｃ 結婚   Ｄ 出産
  けっこん   しゅっさん

2. 田中先生は波奈さんの（　　）に参加します。
たなかせんせい　はな　　　　　　　　さんか

 Ａ 誕生日会   Ｂ 入学式
  たんじょうびかい   にゅうがくしき

 Ｃ 卒業式   Ｄ 披露宴
  そつぎょうしき   ひろうえん

3. 波奈さんは田中先生の（　　）でした。
はな　　　　たなかせんせい

 Ａ 学生   Ｂ 姉
  がくせい   あね

 Ｃ 友達   Ｄ 妹
  ともだち   いもうと

4. 田中先生は波奈さんに（　　）を頼まれました。
たなかせんせい　はな　　　　　　　　たの

 Ａ 司会   Ｂ スピーチ
  しかい

 Ｃ 余興   Ｄ 乾杯の音頭
  よきょう   かんぱい　おんど

Ⅱ インタビュー（聞いて答えよう）213
       き　　こた

1.

→

2.

→

3.

→

4.

→

 <ruby>発<rt></rt></ruby><ruby>話<rt></rt></ruby><ruby>表現<rt></rt></ruby> 🎧214

<ruby>絵<rt>え</rt></ruby>を<ruby>見<rt>み</rt></ruby>てください。こんなとき、<ruby>何<rt>なん</rt></ruby>と<ruby>言<rt>い</rt></ruby>いますか。

キーセンテンス 🎧215

1 ごぶさたしております。

好久不見了；許久沒跟您連絡（問候）了。

很長一段時間裡，彼此沒有見面或任何音信往來的情況下，相見時的禮貌講法。

2 <ruby>突然<rt>とつぜん</rt></ruby>のお<ruby>願<rt>ねが</rt></ruby>いで<ruby>恐縮<rt>きょうしゅく</rt></ruby>なんですが。

突然有事相求，真是不好意思。

有要事麻煩人家時，常講的客套話。

3 <ruby>私<rt>わたし</rt></ruby>でよかったら。

如果我可以的話（，我很樂意）。

答應他人請託時，讓語氣顯得更為客氣、謙虛、委婉的說法。

文 型と練習

I お〜します

216 ➥ 謙譲語的句型。

「寝ます」、「見ます」、「います」、「着ます」、「来ます」、「します」
等動詞（即ます形若只有一個音節的動詞）則不用此型。

【例】 学生 ：よろしかったら、お荷物をお（ 持ち ）しましょ
うか。

おばあさん：あ、ご親切に、どうもありがとうございます。

① （急に雨が降ってきたときに）

A：この傘、貸していただけませんか。明日お（　　　）しま
すので。

B：はい、どうぞ。

② A：忙しそうですね。お（　　　）しましょうか。

B：すみません、お願いします。

2 〜ていただきたいんですが　　　　　　　　想請您〜。

217 ➥ 希望對方為自己做某事時的請求句型。

【例】客　：これ、贈り物なので、（ 包んで ）いただきたいんですが。
れい　きゃく　　　　　　おく　もの　　　　　　つつ

店員：はい、かしこまりました。
てんいん

① 銀行員：ここにも、判子を（　　　　　）ていただきたいんですが。
ぎんこういん　　　　　　　　はんこ

客　　：はい。
きゃく

② （研究室で）
けんきゅうしつ

学生：先生、この本を一週間ほど（　　　　　）ていただきたいん
がくせい　せんせい　　　　ほん　いっしゅうかん

ですが。

先生：いいですよ。
せんせい

もっと知りたい

1 不適合出現在婚宴的致詞表現

　　一般婚宴上的致詞都是從感謝招待和來賓致詞開始，然後自我介紹、新郎與新娘間的小故事或勉勵話語，最後結語。但是有時會出現致詞者自認不錯的內容，卻不適合於婚宴的場面。現在將不適用的致詞歸納於下。

(1) 避免禁忌用語、及具重複之意的用語：致詞的常識是要迴避會觸霉頭的禁忌用語、及具重複之意的用語。

　　禁忌用語：別れる（別離）、切る（拆開）、流れる（流逝）、帰る（返回）、壊れる（崩壞・倒榻）、離れる（離開）、終わる（終了）、最後（最後）等

　　具重複之意的用語：もう一度（再次）、再び（重複）、度々（多次）、わざわざ（特意）、くれぐれも（千萬別）、次々（接連不斷）等

　　相對地，如何將禁忌用語、具重複之意的用語轉化為吉祥話呢？舉例於下。

　　「ケーキを切る」→「ケーキにナイフを入れる」
　　「最後に…」→「結びに…」
　　「家へ帰る」→「帰宅する」
　　「披露宴を終わります」→「披露宴をお開きにいたします」
　　「もう一度」→「いま一度・あらためて」
　　「度々」→「何度も・頻繁に」
　　「わざわざ」→「特別に」
　　「くれぐれも」→「どうぞ・どうか」

(2) 避免談論內幕隱私或過往戀情：即使取得新郎新娘的同意，但爆料隱私等內容還是不宜婚宴場合。或是早已過時，只要牽涉過往戀情的內容也不宜。因為說不定出席賓客中有當事人在場。所以即使無關新郎新娘，還是應避開會傷害別人的致詞內容。

(3) 莊重不戲謔：出席婚禮的來賓有各色人等，有時會為了突顯與新郎新娘的
　　 交情，出現戲謔不莊重（雙關語）的內容而給其他予會來賓有
　　 「搞不清楚狀況沒常識的致詞者」等不良印象。所以還是準
　　 備些得體的致詞內容吧。

(4) 不談自己的豐功偉業：婚禮的主角是新郎新娘。有時會出現在友人的婚禮，
　　 卻搞不清楚狀況盡談論自己的豐功偉業的人。這也是
　　 NG。致詞內容請以新人為主吧。

会話3 学生課で、電話で聞いてもらう 🎧218

モリ：すみません、今ちょっとよろしいでしょうか。

職員：ええ、いいですよ。

モリ：ちょっとお願いしたいことがあるんですが…。

職員：ええ、何ですか。

モリ：実は、来週の連休にレンタカーを借りて、友達と日光へ行こうと思っているんです…。

職員：レンタカーで日光へ。

モリ：はい、それで、まずレンタカーの予約をしなくちゃいけな

いと思って…。

職員：そうですね。レンタカーの会社はいくつかあるけど。あ、

確か資料があるから、ちょっと待ってて。（資料を探す）

あった。これこれ。このフリーダイヤルに電話すればいい

ですよ。

モリ：あ、ありがとうございます。すみません、フリーダイヤル

って何でしょうか？

職員：ああ、無料でかけられる電話番号のことですよ。

モリ：ああ、そうなんですか。あのう、すみません、私の免許は

日本のじゃないんですが、外国人で、ペルーの免許でも借

りられるかどうか、ちょっと聞いていただけませんか。私

の日本語では、まだ心配なので…。

職員：ええ、いいですよ。国際免許証は持っていますか？

モリ：はい、持っています。

職員：わかりました。じゃ、さっそく聞いてみましょう。

モリ：ありがとうございます。たすかります。

会話文の確認

I 内容質問
ないようしつもん

1. モリくんは来週（　　）で日光へ行きます。
らいしゅう　　　　　にっこう　い

　　A タクシー　　　B マイカー　　　C レンタカー　　D モノレール

2. モリくんは（　　）を持っています。
も

　　A ペルーの免許と日本の免許
めんきょ　にほん　めんきょ

　　B 日本の免許と国際免許証
にほん　めんきょ　こくさいめんきょしょう

　　C ペルーの免許と国際免許証
めんきょ　こくさいめんきょしょう

　　D 日本の免許とペルーの免許と国際免許証
にほん　めんきょ　　　　　　めんきょ　こくさいめんきょしょう

3. モリくんは（　　）かどうか知りたいです。
し

　　A レンタカーが借りられる　　　　　B モノレールで行ける
か　　　　　　　　　　　　　い

　　C マイカーが止められる　　　　　　D タクシーが予約できる
と　　　　　　　　　　　　　よやく

4. 職員がモリくんの代わりに電話で聞くとき、電話代を（　　）。
しょくいん　　　　　か　　　　　てんわ　き　　　　　てんわだい

　　A 払わなければなりません　　　　B 払わなくてもいいです
はら　　　　　　　　　　　　　　はら

　　C 払ったほうがいいです　　　　　D 払ってはいけません
はら　　　　　　　　　　　　　　はら

II インタビュー（聞いて答えよう）🎧 219
き　　こた

1.

　→

2.

　→

3.

　→

4.

　→

発話表現 🎧220

絵を見てください。こんなとき、何と言いますか。
え　み　　　　　　　　　　　　　　　　　なん　い

キーセンテンス 🎧221

1 今ちょっとよろしいでしょうか。
いま

您現在方便（借一步說話或幫忙）嗎？

要打擾、麻煩人家時慣用的客氣說法。

2 ちょっとお願いしたいことがあるんですが…。
ねが

可以請您幫個忙嗎？（可以麻煩您一下嗎？）

要拜託、麻煩人家時的慣用說法。其中語尾的「が」是事先為下文作鋪陳的婉轉

表現。

文型と練習

1 ～（よう）と思っています　　　　　　　正想要～。

222 ➥ 表示已決定這樣做了。

【例】A：今度の休みに、一緒に映画を見に行きませんか。

B：すみません、次の休みは友達と温泉に（ 行こう ）と思っているんです。

① 先生：春からいよいよ大学生ですね。アパートを探すんですか？

学生：いいえ。学校の寮に（　　　　）と思っています。

先生：そうですか。大学に入ったら、どんなサークルに入りますか？

学生：先輩がいるスキーサークルに（　　　　）と思っています。

先生：スキー？いいですね。アルバイトもしますか？

学生：はい。来週、近くの喫茶店の面接を（　　　　）と思っています。

先生：来週、面接？ずいぶん早いですね。

学生：夏休みにニュージーランド研修に（　　　　）と思っているんです。それで、早くお金を貯めたいんです。

先生：そうですか。大学生活、頑張ってくださいね。

2 ～ばいいです　　　　　　　　　　　　　可以～、最好～吧！

223　➥ 表示對別人的勸導、提議或建議的文型。用於表示採取何種手段或方法可以獲得好的結果。與「～たらいい」同，但是「～たらいい」比較口語化。

【例】A：日本の人と日本語でペラペラ話したいんですが、どうすればいいですか。

　　　B：毎日日本語の歌を歌ったり、テレビを見たり（　すれ　）ばいいと思いますよ。

① A：きのう道を歩いていたら、外国人に道を聞かれたんですが、私、英語は「アイドントノー」しか言えないから、教えてあげられなかったんですよ。

　　B：ジェスチャーと簡単な日本語で教えて（　　　　）ばいいんですよ。

② A：ふぁぁあー。

　　B：疲れているようですね。

　　　さっき店長が「休みを取って、温泉旅行でも（　　　　）ばいい」って言っていましたよ。

3 ～ていただけませんか／
～ていただけないでしょうか

請您～、是否可以請您～。

224 ➡ 表示非常謙恭的請求句型。「～ていただけないでしょうか」又比「～て
いただけませんか」更客氣。

【例】A：あのう、すみません、この荷物を2階に運ぶんですが、
（ 手伝っ ）ていただけませんか。

B：はい、いいですよ。

① A：これは部長の郵便物ですね。明日部長が出社したら、（　　　　）
ていただけませんか。

B：はい、わかりました。

② 学生：先生、日本語で手紙を書いたんですが、間違いがないかど
うか（　　　　）ていただけないでしょうか。

先生：はい、いいですよ。見てみましょう。

もっと知りたい

Ｉ▶ フリーダイヤル（免付費電話）

　　所謂フリーダイヤル（免付費電話）是日本 NTT 電信電話公社提供將電話費用由受話方而非撥話方支付的一種特別電話號碼。大多數免費電話都是技術支援、銷售宣傳或免費售後服務熱線。

　　電話號碼不分地區，全國一律在 0120 或 0800 之後再加 6 碼的專線。電信公司不同名稱也不一。例如 NTT 東日本（東日本固網電信服務股份有限公司）為「フリーアクセス」，日本テレコム（日本電信電話銷售有限公司）則
エヌティティ ひがし にほん
にっぽん
是「フリーコール」。

会話4 面接の練習をしたい 🎧 225

（アルバイト先の同僚の木村さんに電話する）

木村　：はい、もしもし。

ここあ：もしもし、木村さんですか。王心愛です。

木村　：ああ、ここあさん。

ここあ：夜遅くすみません。今、大丈夫ですか？

木村　：ええ、大丈夫ですよ。どうしたんですか。
きむら　　　　　　だいじょうぶ

ここあ：ちょっと頼みたいことがあるんですが…。
たの

木村　：バイトのことですか。
きむら

ここあ：いいえ。実は、インターンシップに応募したんですけど、
じつ　　　　　　　　　　　　おうぼ

　　　　1か月後に面接を受けることになっているんです。
いっ　げつご　めんせつ　う

木村　：ああ、インターンの面接。
きむら　　　　　　　　　　めんせつ

ここあ：ええ。私、日常会話なら自信があるんですが、やはりそ
わたし　にちじょうかいわ　　じしん

　　　　の前に慣れておきたいと思って…。ちょっと面接のコツ
まえ　な　　　　　　　　　おも　　　　　　　　めんせつ

　　　　なんかを教えてもらえませんか。
おし

木村　：ええ…。でも、最近ちょっと忙しくて…。
きむら　　　　　　　さいきん　　　いそが

ここあ：週に一回でもいいんですが…。
しゅう　いっかい

木村　：実は、最近別のバイトも始めて、あまり時間がないんで
きむら　じつ　さいきんべつ　　　　　はじ　　　　　じかん

　　　　す。時間があれば、喜んで手伝うんですけど…。
じかん　　　　よろこ　てつだ

ここあ：そうですか。じゃ、無理ですね。わかりました。
むり

木村　：すみません。
きむら

ここあ：いいえ。では、失礼します。
しつれい

木村　：はい、おやすみなさい。
きむら

Ⅰ 内容質問
ないようしつもん

1. ここあさんは木村さんに（　　）しました。
   き むら

   A メール　　　　　　　　　　　B 電話
   　　　　　　　　　　　　　　　　　でん わ

   C ファックス　　　　　　　　　D 電報
   　　　　　　　　　　　　　　　　　でんぽう

2. ここあさんは（　　）に応募しました。
   　　　　　　　　　　　　おう ぼ

   A インターン　　　　　　　　　B インタビュー

   C アルバイト　　　　　　　　　D プレゼント

3. ここあさんは木村さんと（　　）の練習をしたいです。
   　　　　　　　き むら　　　　　　　　れんしゅう

   A インターン　　　　　　　　　B 日常会話
   　　　　　　　　　　　　　　　　　にちじょうかい わ

   C 面接　　　　　　　　　　　　D プロジェクト
   　めんせつ

4. 木村さんは（　　）ので、面接の練習を手伝いません。
   き むら　　　　　　　　　めんせつ れんしゅう　て つだ

   A 興味がない　　　　　　　　　B 面接は得意じゃない
   　きょう み　　　　　　　　　　　　めんせつ　とく い

   C 時間がない　　　　　　　　　D 面接をしたことがない
   　じ かん　　　　　　　　　　　　　めんせつ

Ⅱ インタビュー（聞いて答えよう）🎧226
き　　こた

1.

→

2.

→

3.

→

4.

→

発話表現 🎧227

絵を見てください。こんなとき、何と言いますか。
え　み　　　　　　　　　　　　　　　　　なん　い

キーセンテンス 🎧228

1 夜遅くすみません。
よるおそ
很抱歉！那麼晚打擾您。

夜晚打電話給人時常用的禮貌用語。一般在日本夜晚９點過後打電話即適用此慣

用句，以免失禮。

2 ちょっと頼みたいことがあるんですが…。
たの
有點事想拜託您。

一般多用於上對下時，要拜託、麻煩人家時的慣用說法。

文 型と練習

1 ～ことになっています　　　　　　　　　何時預定做～。

229 ➡ 事情已經被決定了，所做的決定取決於他人，或他人和自己（協商決定）。
多用於公司或學校等團體組織決定的預定行程方面。

【例】A：うちの会社では毎月5日に給料が（ 出る ）ことになって
います。

B：はい、わかりました。あのう、銀行口座がないんですが…。

A：大丈夫です。手渡しで給料がもらえますから。

① 部下：部長、定例会議なんですが、水曜の午後はいかがですか。

部長：水曜の午後？3時に伊藤商社の社長と（　　　　）ことに
なっているんですよ。午前はだめですか？

部下：わかりました。確認してみます。

② A　：皆さん、午前の見学はこれで終了します。午後は1時から
見学（　　　　）ことになっているので、12時50分までに
集まってください。

全員：はい、わかりました。

2 〜なんか（例示）
れいじ

〜等、〜之類的。

230 ➡ 表舉例的句型，從許多事物中舉出一件為例，暗示還有其它類似的東西。

是「など」的口語說法。

【例】課長：この仕事、誰に頼んだらいいかな？
れい　　か ちょう　　　　　　しごと　　だれ　たの

係長：（ 田中さん ）なんかどうでしょうか？
かかりちょう　　 た なか

① 着付けの先生：日本女性はやっぱり着物ですね。（　　　　　）なん
きつ　せんせい　　にほんじょせい　　　　　　きもの

かより、和服を着たときのほうがきれいに見える
わ ふく　き　　　　　　　　　　　　　　み

と思います。
おも

生徒　　　　：そうですね。
せいと

② A：もうすぐゴールデンウイークですね。円高だし、（　　　　　）
えんだか

なんかに行ってみませんか？
い

B：いいですね！旅行社でパンフレットもらってきます。
りょこうしゃ

も っと**知りたい**

I では、失礼します
しつれい

「では、失礼します。」是打電話的人在結束通話時所用的客氣說法，受
しつれい
話一方是不用的，若使用此句反而失禮。那是因為禮貌上，受話一方需在一旁
等致電一方說出此句才算結束這段通話。

又，「バイバイ」或「じゃ」、「またね」多用於朋友等關係較熟的場合。
「さようなら」雖常用於一般會話中，但會給人從此不會再見面或離別等印象，
因此很多人不會用於電話方面。

此外，晚上要結束通話時大部份都是說「おやすみなさい」。

シャドーイング

ステップ1 231

1. ➡
2. ➡
3. ➡
4. ➡
5. ➡

ステップ2 232

1. ➡
2. ➡
3. ➡

ステップ3 233

1. ➡

ロールプレイ

1. あなたは図書館で読みたい本を見つけられないので、図書館の人に本を探
   してもらいたいです。何と言って頼みますか。

2. あなたは日本語で好きなアイドルに手紙を書きました。日本人の先輩に
   チェックしてもらいたいです。頼んでみてください。

👥 会話スキルアップ 🎧234

1 人に依頼するとき
ひと　　いらい

(1) 前置きとして、よく「すみませんが…」「ちょっとお願いがあるんです
　　まえ お　　　　　　　　　　　　　　　　　　　　　　　　　　　　ねが
が…」「ちょっと頼みたいことがあるんですが…」などを使います。
　　　　　　たの　　　　　　　　　　　　　　　　　　　　　　　　つか

前置き	+	説明	+	お願いする内容
まえ お		せつめい		ねが　　　ないよう

① 先輩、ちょっとお願いがあるんですが、レポートをまとめたので、チ
　せんぱい　　　　　　ねが
ェックしていただきたいんですが……。

② 先生、ちょっとお願いがあるんですが、推薦状を提出しなければな
　せんせい　　　　　　ねが　　　　　　　　　　すいせんじょう　ていしゅつ
らないので、書いていただけないでしょうか。
　　　　　　か

2 依頼を断るとき
いらい　ことわ

(1) よく次の順で言います。
　　つぎ じゅん い

前置き＋謝罪	+	理由	+	（代案）
まえ お　しゃざい		りゆう		だいあん

① モリ：来週の土曜に引っ越すんですが、手伝ってもらえませんか。
　　　　らいしゅう どよう ひ こ　　　　　　　　て つだ
　楊　：すみません。その日は用事があるんですよ。日曜日なら大丈
　ヨウ　　　　　　　　　ひ ようじ　　　　　　　　にちようび　だいじょう
　　　　夫なんですけど…。
　　　　ぶ

② ここあ：あの、木村さん、来週の木曜日、アルバイト代わってもら
　　　　　　　きむら　らいしゅう もくようび　　　　　　　か
　　　　えませんか。急用ができてしまって…。
　　　　　　　　　きゅうよう
　木村　：すみません、来週の木曜は予定が入っているんですよ。今
　きむら　　　　　　らいしゅう もくよう よてい はい　　　　　　こん
　　　　週なら大丈夫なんですけど…。
　　　　しゅう　だいじょうぶ

③ 店長：木村さん、悪いんだけど、明日10時に来てくれませんか？
　てんちょう きむら　わる　　　　　あした じ き
　木村：明日ですか…。申し訳ありませんが、明日は1限目から授業が
　きむら あした　　　　　もう わけ　　　　　　あした げんめ　じゅぎょう
　　　　あるんです。11時ごろなら来られると思うんですが…。
　　　　　　　　じ　　　　こ　　　おも

（2）はっきり断りにくいとき、「うーん…」「ちょっと…」「そうですね…」
　　などがよく使われます。

　　① 陽菜：来週の土曜日、スペイン語の通訳をやってもらえませんか。

　　　モリ：うーん、実は来週の土曜日、バスケットの試合があるんです。

付　録
ふ　　ろく

各課の文型
かくか　ぶんけい

第1課　紹介 🎧235
だい　か　しょうかい

1. ～って（何ですか）？・・・～のことです
　　　　　　なん
2. ～中
　　ちゅう
3. ～たら～てくれませんか
4. ～そうです（伝聞）
　　　　　　てんぶん
5. ～ませんか・・・～ましょう
6. ～てあります（状態）
　　　　　　　じょうたい
7. ～たことがあります
8. ～てくれます
9. ～てもらいます
10. ～ので
11. お～ください

第2課　買い物 🎧236
だい　か　か　もの

1. ～てみてもいいです
2. 使えます（可能動詞）
　つか　　　　　か　のうどうし
3. ～んです
4. ～とき
5. ～にいいです
6. ～ています
7. ～そうです（様態）
　　　　　　　ようたい
8. ～予定です
　　よてい
9. ～も～し、～も～
10. ～にします
11. ～てもらえますか

第3課　食事・注文 🎧237
だい　か　しょくじ　ちゅうもん

1. ～ちゃう（完了）
　　　　　　かんりょう
2. ～かな

3. お〜（動詞ます形）
   どうし けい
4. 〜かどうか
5. 〜って言う
         い
6. 〜なら
7. 〜なきゃ

第4課　道を聞く・場所を聞く　🎧238
   だい か みち き ばしょ き

1. 〜みたいです
2. 疑問詞＋〜たらいいですか
   ぎ もん し
3. 〜たらいいです
4. 〜（X）じゃなくて、〜（Y）です
5. 〜と、〜（X と、Y）
6. 〜ましょうか
7. 〜ちゃう（残念・後悔）
           ざんねん こうかい
8. 〜たほうがいいです

第5課　誘う・断る　🎧239
   だい か さそ ことわ

1. 実は〜んです
   じっ
2. 〜ことになりました
3. 〜（よう）と言っています（話している・相談した・決めた）
                  い   はな   そうだん   き
4. 〜なくてもいいです
5. 〜で・〜くて
6. 〜たり〜たりします
7. 〜なくちゃ
8. 〜でも
9. 〜（し）ないで、〜（します）

第6課　病院　🎧240
   だい か びょういん

1. 〜ても、〜
2. 〜れる・られる（尊敬）
              そんけい
3. 〜れる・られる（受身）
              うけ み

単語表
たんごひょう

第 1 課 🎧 243
だい か

会話 1
かいわ

1. どうし（がくせい〜）	同士（学生〜）	〜們（彼此關係、性質相同的人）
2. もうします→もうす	申します	敝姓
3. なにがっか	何学科	甚麼科系
4. がっか	学科	科系
5. にんげんかがく	人間科学	人類科学
6. けんこうふくし	健康福祉	健康及社會福利
7. かんきょう	環境	環境
8. せんこうします→せんこうする	専攻します	主修
9. こうかんりゅうがく	交換留学	交換留學
10. だけ		只有
11. べんきょうちゅう	勉強中	正在學習中
12. まちがえます→まちがえる	間違えます	弄錯
13. だいにがいこくご	第二外国語	第二外語
14. もちろん	〔勿論〕	當然
15. これから		接下來
16. こちらこそ		哪裡哪裡，彼此彼此

会話 2
かいわ

17. こちら		這一位
18. クラスメート		同學
19. よびます→よぶ	呼びます	稱呼、叫〜
20. どちら		哪一位
21. しつれいしました	失礼しました	真是抱歉（失禮了）
22. ペルー		秘魯
23. しゅっしん	出身	出身
24. にっけいさんせい	日系 3 世	日裔第三代

25. みなみアメリカ	南アメリカ	南美
26. （お）ひる	（お）昼	中午

会話 3

27. おおぜい	大勢	人很多
28. まんけん	漫研	漫畫研究社團的簡稱
29. まんがけんきゅうぶ	漫画研究部	漫畫研究社團
30. じこしょうかい	自己紹介	自我介紹
31. きんちょうします→きんちょうする	緊張します	緊張
32. ぶいん	部員	社員
33. はじめて	初めて	第一次
34. たのしみにします→たのしみにする	楽しみにします	期待
35. ぜんぶで	全部で	全部、總共
36. やっぱり		還是、照舊、依然
37. リラックスします→リラックスする		放輕鬆
38. （ご）せいしゅくに	（ご）静粛に	安靜
39. ねがいます→ねがう	願います	請、麻煩
40. みなさん	皆さん	各位
41. おうさま	王様	國王
42. こころ	心	心
43. あい	愛	愛
44. ココア		可可亞
45. だいすき	大好き	最喜歡

会話 4

46. ほうもんします→ほうもんする	訪問します	拜訪
47. ごめんください		有人在嗎？我可以進來嗎？
48. あがります→あがる	上がります	上（由下往上，由低往高）在本單元為進來，上來。
49. おじゃまします→おじゃまする	お邪魔します	打擾了。到他人家裡拜訪時的招呼語。
50. まよいます→まよう（みちに〜）	迷います（道に〜）	迷（路）

51. すわります→すわる	座ります	坐
52. せわになります→せわになる	世話になります	受（某人）照顧
53. おります→おる	〔居ります〕	「いる」的敬語表現
54. いろいろ	色々	各式各様
55. こんな（〜じかん）	こんな（〜時間）	這麼（晚）
56. そろそろ		（時間上）差不多該
57. しつれいします→しつれいする	失礼します	告辭
58. きをつけて	気をつけて	（小心）慢走。

第2課 🎧 244
だい か

会話 1
かいわ

1. せい（にほん〜）	製（日本〜）	〜製
2. でございます		「です」的禮貌用語
3. もうすこし	もう少し	稍微再〜
4. いかが	〔如何〕	如何
5. はきます→はく	履きます	穿（鞋、褲、襪、裙）
6. もっと		更〜
7. しょうしょう	少々	稍微
8. おまたせしました	お待たせしました	讓您久等了
9. ちょうどいい	〔丁度いい〕	剛好
10. クレジットカード		信用卡
11. サイン		簽名
12. いたします→いたす	致します	「する」較鄭重的說法

会話 2
かいわ

13. やっきょく	薬局	藥房
14. かぜ	風邪	感冒
15. ねつ	熱	發燒
16. それから		然後、還有
17. のど	喉	喉嚨

18. ばん	晩	晚上
19. マスク		口罩
20. そちら		那邊
21. いり（じゅうまい〜）	入り（10 枚〜）	（十片）（包）裝
22. シロップ		咳嗽糖漿
23. おあずかりします→おあずかりする	お預かりします	收您〜（〜錢）
24. おかえし	お返し	找您〜（〜錢）
（よんひゃくななじゅうえんの〜）	（470 円の〜）	

会話 3
かいわ

25. ぶどう	〔葡萄〕	葡萄
26. ねだん	値段	價格
27. つきます→つく	付きます	標記
28. パック		盒裝
29. （お）かいどくひん	（お）買い得品	物超所值的商品
30. おなじ	同じ	相同、一樣的
31. にゅうかします→にゅうかする	入荷します	進貨
32. あおもり	青森	青森（著名蘋果產地）
33. りんご	〔林檎〕	蘋果
34. よてい	予定	預定
35. きせつ	季節	季節
36. たべごろ	食べ頃	當季（水果）
37. まいどあり	毎度あり	感謝您每次的惠顧

会話 4
かいわ

38. ネックレス		項鍊
39. め（さんばん〜）	目（3 番〜）	第〜個
40. みずいろ	水色	水藍色
41. ピンク		粉紅色
42. ございます→ござる		「ある」較鄭重的說法
43. ケース		盒子

44. しょうひん	商品	商品
45. ただいま	〔只今〕	目前、現在
46. わりびき（いち〜）	割引（1〜）	打（九）折
47. にんき	人気	受歡迎
48. いろ	色	顏色
49. かたち	形	形狀
50. デザイン		設計
51. むらさき	紫	紫色
52. おくりもの	贈り物	送禮
53. ラッピングします→ラッピングする		包裝
54. ホワイトデー		白色情人節
55. いっかつばらい	一括払い	一次付清
56. ぶんかつばらい	分割払い	分期付款

第3課 🎧245
だいか

会話1
かいわ

1. カンパーイ（かんぱい）	乾杯	乾杯！
2. うまい		好吃
3. やきギョーザ	焼きギョーザ〔焼き餃子〕	煎餃
4. すいギョーザ	水ギョーザ〔水餃子〕	水餃
5. いっぱんてき	一般的	普遍
6. ダンザイメン・ダンツウメン	〔担仔麺〕	担仔麺
7. あじ	味	味道
8. かんじ	感じ	感覺
9. チャーハン	〔炒飯〕	炒飯
10. なかなか		（後接否定接續）（不）容易、（不）簡單
11. ほんば	本場	當地、道地
12. まえに	前に	之前
13. けっこう	結構	相當，蠻

263

14. あっというまに	あっという間に	轉眼間、很快地
15. えんりょなく	遠慮なく	不客氣地
16. おなか	〔お腹〕	肚子
17. いっぱい		飽、滿
18. ひさしぶりに	久しぶりに	隔了好久
19. しょうこうしゅ	紹興酒	紹興酒

会話 2
かいわ

20. ファーストフードてん	ファーストフード店	速食店
21. なさいます→なさる		「する」的尊敬語
22. たら	〔鱈〕	鱈魚
23. てりやきバーガー	照り焼きバーガー	照燒堡（蜜汁口味的漢堡）
24. ポテト		薯條
25. サイズ		尺寸
26. ちゅうもん	注文	點餐
27. いじょう	以上	這樣就好了
28. めしあがります→めしあがる	召し上がります	用餐
29. もちかえります→もちかえる	持ち帰ります	外帶
30. かいけい	会計	總計
31. （ご）ゆっくり		（請）慢用

会話 3
かいわ

32. てりょうり	手料理	親手做的菜
33. おまちどおさま	お待ちどお様	（讓您）久等了。
34. ごちそう	〔ご馳走〕	佳餚
35. はなよめしゅぎょう	花嫁修業	日本女性婚前的準備課程（學做菜、家事等）
36. どれも		每一樣都～
37. くちにあいます→くちにあう	口に合います	合口味
38. じゃがいも		馬鈴薯
39. にくじゃが	肉じゃが	馬鈴薯燉肉（關東多是燉豬肉，關西多是燉牛肉）

40. じしん	自信	自信
41. えびてん	〔海老天〕	炸蝦
42. じょうず	上手	（某種技能）好、高明
43. あじみします→あじみする	味見します	嘗味道
44. しあわせ	幸せ	幸福
45. おおげさ	大げさ	誇張

会話4
かいわ

46. なべりょうりてん	鍋料理店	火鍋店
47. いらっしゃいませ		歡迎光臨
48. なんめいさま	何名様	幾位先生小姐
49. めい（さん〜）	名（3〜）	〜位
50. オッケー		「ok」之意
51. キムチなべ	キムチ鍋	泡菜鍋
52. せんぱい	先輩	學長姐
53. おきにいり	お気に入り	中意
54. サラダ		沙拉
55. オススメ（おすすめ）	お勧め	推薦
56. みずな	水菜	水菜（又稱日本蕪菁）
57. だいこん	大根	白蘿蔔
58. シャキシャキ		清脆（聲）
59. なまちゅう	生中	中杯的生啤酒
60. よろしい		沒錯
61. とりあえず		（姑且）暫時
62. かんじょう	勘定	結帳
63. クーポンけん	クーポン券	折扣優惠券
64. わりびき（ごひゃくえん〜）	割引（500円〜）	折價（500元）

第4課　🎧246
だい　か

会話1
かい わ

1.	じゅうしょ	住所	住址
2.	わたします→わたす	渡します	交、遞
3.	みなとく	港区	港區
4.	ろっぽんぎヒルズ	六本木ヒルズ	六本木之丘
5.	ろせんず	路線図	路線圖
6.	せつめいします→せつめいする	説明します	說明
7.	まるのうちせん	丸ノ内線	丸之內線
8.	ひびやせん	日比谷線	日比谷線
9.	のりかえます→のりかえる	乗り換えます	換搭
10.	さしあげます→さしあげる	差し上げます	給（您）、贈送（比あげる 更尊敬）

会話2
かい わ

11.	きっぷ	切符	車票
12.	つうこうにん	通行人	路人
13.	あっち		（離雙方都遠）那邊
14.	けんばいき	券売機	售票機
15.	みどりのまどぐち	みどりの窓口	綠色窗口
16.	プラットホーム		月台
17.	じょうきゃく	乗客	乘客
18.	ゆき（きょうと～）	行き（京都～）	開往（京都）～
19.	あきた	秋田	（地名）秋田
20.	ばんせん（さん～）	番線（3～）	車種路線的月台號碼
21.	よかった		太好了
22.	つきます→つく	着きます	到達
23.	それほどでも（ありません）		（沒）那麼～

会話3
かい わ

24.	たずねます→たずねる	尋ねます	詢問

25.	まっすぐ		直直地
26.	まがります→まがる	曲がります	轉彎
27.	かど	角	轉角
28.	こうさてん	交差点	十字路口
29.	ふみきり	踏切	鐵路平交道
30.	わたります→わたる	渡ります	跨越、通過
31.	がわ（みぎ〜）	側（右〜）	（右）邊
32.	そんなに		那麼地（後多接否定表現）
33.	かかります→かかる	〔掛かります〕	花費（時間、金錢等）
34.	とちゅう	途中	途中
35.	めじるし	目印	標記、記號
36.	えいがかん	映画館	電影院

会話4
かい わ

37.	だて（ななかい〜）	建て（7階〜）	（7層）樓高
38.	ビル		大樓
39.	こしょうします→こしょうする	故障します	故障
40.	かた（いき〜）	方（行き〜）	方法、方式（怎麼去）
41.	しょうてんがい	商店街	商店街
42.	いりぐち	入リロ	入口
43.	むかいがわ	向かい側	對面
44.	かんばん	看板	招牌
45.	さっそく	〔早速〕	立刻、立即
46.	エレベーター		電梯

第5課 🎧 247
だい か

会話1
かい わ

1.	さそいます→さそう	誘います	邀約
2.	けんきゅうしつ	研究室	研究室
3.	トントントン		敲門聲

4. ノック		敲門
5. あら		唉呀！（女性出乎意外或驚訝時發出的聲音）
6. ゼミ		大學的討論會（學生在教授的指導下共同研究的小組）
7. メンバー		成員
8. もりあがります→もりあがる	盛り上がります	氣氛熱烈
9. うれしい	〔嬉しい〕	高興
10. スケジュール		行程表
11. かくにんします→かくにんする	確認します	確認
12. あきます→あく	空きます	空、閒
13. イタリア		義大利
14. はちこう	ハチ公	忠犬小八（或忠犬八公）（是澀谷的標地之一）
15. しゅうごう	集合	集合

会話 2

16. もみじがり	紅葉狩り	賞楓
17. ことわります→ことわる	断ります	拒絕
18. こんどの（〜どようび）	今度の（〜土曜日）	下次的（星期六）
19. って		「と」之口語表達方式
20. よかったら		如果可以的話
21. べつに	別に	（後接否定語）並沒有什麼〜
22. むりします→むりする	無理します	勉強
23. つごうがいい	都合がいい	（指時間上）方便
24. さいきん	最近	最近
25. ずっと		一直
26. ちょうし	調子	（身體的）狀況
27. だから		因此
28. しゅうまつ	週末	週末
29. ゆっくり（〜やすみます）	ゆっくり（〜休みます）	好好地（休息）

30. たいへん	大変	辛苦
31. こんかい	今回	這一次
32. えんりょします→えんりょする	遠慮します	絕謝
33. せっかく	〔折角〕	特意
34. おだいじに	お大事に	保重
35. たのしみます→たのしむ	楽しみます	享受

会話3
かいわ

36. うけます→うける	受けます	接受
37. きんじょ	近所	附近
38. じんじゃ	神社	神社
39. （お）まつり	（お）祭り	廟會、慶典
40. みこし	〔神輿〕	神轎
41. ぎょうれつ	行列	隊伍
42. わだいこ	和太鼓	日本大鼓
43. えんそう	演奏	演奏
44. はいります→はいる（よていが〜）	入ります（予定が〜）	有（約）
45. だめ		不行
46. じつは	実は	其實
47. かのじょ	彼女	女朋友
48. ディズニーランド		狄斯耐樂園
49. ロマンチック		羅曼蒂克的
50. はなび	花火	煙火
51. メール		電子郵件
52. れんらくします→れんらくする	連絡します	聯絡

会話4
かいわ

53. しょくたく	食卓	餐桌
54. おかわり		（酒、飯等）再來一份（碗）
55. しょうたいします→しょうたいする	招待します	招待
56. もういっぱい	もう一杯	已經很飽了

57. けっこうです	結構です	不用，謝謝！
58. じゅうぶん	十分	充分地
59. よっぱらう	酔っ払う	喝醉
60. つよい	強い	（酒量）好
61. いれます→いれる（おちゃを～）	入れます（お茶を～）	泡（茶）
62. おそまつさまでした	お粗末様でした	粗茶淡飯，不成敬意。
63. いつでも		隨時
64. （お）よめにいきます 　　→（お）よめにいく	（お）嫁に行きます	出嫁
65. おめでとうございます		恭喜！
66. じみこん	地味婚	僅辦理結婚登記的一種結婚 型態
67. やります→やる		舉辦
68. けっこんしき	結婚式	婚禮儀式
69. ひろうえん	披露宴	喜宴
70. よろこんで	喜んて	欣然、樂意

第 6 課　🎧 248
だい　か

会話 1
かい わ

1. がいらい	外来	門診
2. うけつけ	受付	掛號
3. みます→みる	診ます	診療
4. さがります→さがる（ねつが～）	下がります（熱が～）	退（燒）
5. はかります→はかる	測ります	測量
6. たいおんけい	体温計	體溫計
7. ピッ		「嗶嗶」聲
8. ～ど～ぶ	～度～分	～度～分
9. はやめに	早めに	提早
10. ようし	用紙	表格
11. きにゅうします→きにゅうする	記入します	填、寫

12. ほけん	保険	保險
13. ほけんしょう	保険証	保險卡
14. じゅしんします→じゅしんする	受診します	接受診斷
15. しんさつりょう	診察料	診療費
16. しんせいします→しんせいする	申請します	申請
17. しんさつしつ	診察室	診間
18. ごうしつ（2〜）	号室（2〜）	第〜診間
19. まちあいしつ	待合室	候診室

会話 2
かいわ

20. さむけがします→さむけがする	寒気がします	發冷、畏寒
21. ふしぶし	節々	（身上的）每個關節
22. はれます→はれる	腫れます	腫（脹）
23. インフルエンザ		流行性感冒
24. よぼうせっしゅ	予防接種	預防接種
25. うけます→うける （よぼうせっしゅを〜）	受けます （予防接種を〜）	打預防針
26. はやります→はやる	流行ります	（疾病等）流行、蔓延
27. けんさ	検査	檢查
28. むきます→むく（こちらを〜）	向きます（こちらを〜）	面向（這邊）
29. ねんまく	粘膜	黏膜
30. とります→とる（ねんまくを〜）	取ります（粘膜を〜）	（黏膜分泌物）採樣
31. ご（にじゅっぷん〜）	後（20分〜）	（20分鐘）之後
32. けっか	結果	結果
33. でます→でる（けっかが〜）	出ます（結果が〜）	有（結果）
34. かかります→かかる（びょうきに〜）	〔罹ります〕（病気に〜）	生（病）、染（病）
35. だします→だす（くすりを〜）	出します（薬を〜）	開（藥）
36. しょほうせん	処方せん〔処方箋〕	處方箋
37. うけとります→うけとる	受け取ります	領（藥）
38. やくざいし	薬剤師	藥劑師

271

39. ぶん（みっか〜）	分（3日〜）	（3天）份
40. カプセル		膠囊
41. いちにち（さん）かい	一日（3）回	一天（3）次
42. しょくご	食後	飯後
43. ばあい	場合	情況
44. ざやく	座薬	塞劑、栓劑

会話 3
かいわ

45. つきそいます→つきそう	付き添います	陪同
46. クリニック		診所
47. ゴホゴホ		咳嗽聲
48. まだ（〜ない）		還沒〜
49. なおります→なおる	治ります	痊癒
50. それはいけません		那可不行
51. ちゃんと		好好地
52. うわぎ	上着	上衣
53. いや	嫌	不願意
54. そんな		那樣的
55. ないか	内科	內科
56. つれていきます→つれていく	連れて行きます	帶（〜對象）去
57. たすかります→たすかる	助かります	得到幫忙
58. このごろ	この頃	這一陣子
59. つづきます→つづく	続きます	持續
60. おかげさまで	お陰様で	托福
61. ふだん	普段	平常、平日
62. バランスよく		（注意比例）均衡地
63. ビタミンシー	ビタミンC	維他命C
64. たっぷり		充分、足夠
65. とります→とる	摂ります	攝取（維他命C）
（ビタミンシーを〜）	（ビタミンCを〜）	

会話4
かいわ

66. せいこついん	整骨院	國術館
67. せいけいげか	整形外科	骨科
68. かけます→かける	〔掛けます〕	坐下
69. ころびます→ころぶ	転びます	跌倒
70. しっぷ	湿布	濕布
71. はります→はる	貼ります	張貼
72. だいぶ	大分	相當地
73. びっくりします→びっくりする		嚇一跳
74. みせます→みせる	見せます	給看、讓看
75. いたみます→いたむ	痛みます	疼痛
76. ちから	力	力氣
77. いれます→いれる（ちからを～）	入れます（力を～）	用（力）、使（力）
78. やっと		吃力
79. なるほど		原來如此
80. あしくび	足首	腳踝
81. ひねります→ひねる	捻ります	扭到
82. たぶん	〔多分〕	大概
83. ねんざ	捻挫	扭傷
84. ねんのため	念のため	安全起見
85. レントゲン		X光
86. ほう（ひだりの～）	方（左の～）	（左）邊
87. ほね	骨	骨頭
88. いじょう	異常	異常
89. こっせつします→こっせつする	骨折します	骨折
90. おれます→おれる	折れます	折斷
91. あんしんします→あんしんする	安心します	放心
92. かえます（はり～）	換えます（貼り～）	接在「動詞ます形」之後，表重新、另外之意

第7課 (249)
<ruby>第<rt>だい</rt></ruby><ruby>7課<rt>か</rt></ruby>

会話1
<ruby>会話<rt>かいわ</rt></ruby>

1. ベンチ		長椅、長凳
2. じょせい	女性	女性
3. つれます→つれる	連れます	牽
4. ワンちゃん		狗狗
5. チワワ		吉娃娃
6. トイプードル		玩具貴賓（貴賓狗）
7. くわしい	詳しい	詳細
8. すごく		非常地
9. さっき		方才、剛才
10. トリミングします→トリミングする		寵物美容造型
11. カット		剪毛
12. セット		造型
13. がいこく	外国	外國
14. かた	方	人士
15. なでます→なでる	〔撫でる〕	撫摸
16. かんじ	漢字	漢字
17. どう		如何
18. これで（しつれいします）	これで（失礼します）	（我得要）告辭（了）

会話2
<ruby>会話<rt>かいわ</rt></ruby>

19. レポート		報告
20. ていしゅつ	提出	提交
21. きげん	期限	期限
22. のばします→のばす	延ばします	延期、延後時間
23. しめきり	締め切り	截止
24. もうしわけありません	申し訳ありません	十分抱歉
25. できます→できる	〔出来ます〕	完成
26. ここ（いっしゅうかん）	ここ（1週間）	最近（一週）（後接時間的數量詞）

27. たいちょう	体調	（身體）狀況
28. なおします→なおす	治します	治療
29. やっと		好不容易
30. しかたない	仕方ない	沒辦法、只好如此
31. かならず	必ず	一定
32. かまいません	構いません	不要緊、沒關係

会話 3
かいわ

33. バイト		打工
34. さき（バイト〜）	先（バイト〜）	（打工）地點
35. てんちょう	店長	店長
36. シフト		輪班
37. かわり（のひと）	代わり（の人）	代班（的人）
38. おねがいします→おねがいする	お願いします	麻煩你了
39. さがします→さがす	探します	尋找
40. シフトひょう	シフト表	輪班表
41. きゅうよう	急用	急事
42. できます→できる（きゅうようが〜）	できます（急用が〜）	有（急事）
43. かわります→かわる	代わります	接替、取代
44. ほうこくします→ほうこくする	報告します	告知
45. てすうをかけます→てすうをかける	手数を掛けます	添麻煩

会話 4
かいわ

46. いけばな	生け花	插花
47. きょうしつ（いけばな〜）	教室（生け花〜）	教室（插花〜）
48. け（きたやま〜）	家（北山〜）	家（北山〜）
49. すてき	〔素敵〕	漂亮
50. おはな	お花	插花、生花
51. おちゃ	お茶	茶道
52. けいこ	稽古	學習（學問、武藝等）
53. うまい		高明、好

54. じっさいに	実際に	實際上
55. は	葉	葉子
56. ほら		（引起對方注意）你瞧
57. のこします→のこす	残します	保留、留著
58. たしかに	確かに	確實
59. いけます→いける	生けます	插
60. むけます→むける（したに～）	向けます（下に～）	朝向（下方）
61. ほんとうに	本当に	真的
62. がんばります→がんばる	頑張ります	加油、努力

第 8 課　だい　か　250

会話 1　かいわ

1. つうやく	通訳	口譯
2. いらい	依頼	委託、託付
3. もう		已經
4. つきあい	付き合い	交往、往來
5. れんしゅうじあい	練習試合	練習賽
6. むずかしい	難しい	（時間上）有困難
7. ギリギリ	・	（極限）最大限度
8. やくにたちます→やくにたつ	役に立ちます	幫上忙

会話 2　かいわ

9. スピーチ		演講、致詞
10. たのみます→たのむ	頼みます	請求（託）
11. ごぶさたしています	ご無沙汰しています	久疏問候
12. たのみ	頼み	請託
13. それで		因此
14. よろしければ		如果可以的話
15. あまり～ない		不太～
16. とくい	得意	擅長

17. とつぜん	突然	突然
18. きょうしゅく	恐縮	過意不去（表示給對方添麻煩）
19. じだい（がくせい〜）	時代（学生〜）	時代（學生〜）
20. おことば	お言葉	致詞
21. いただきます→いただく	頂きます	賞賜、承蒙

会話 3
かい わ

22. か（がくせい〜）	課（学生〜）	組（學生輔導〜）
23. れんきゅう	連休	連假
24. レンタカー		租車
25. かります→かりる	借ります	租用
26. にっこう	日光	（地名）日光
27. まず		首先
28. いくつか	〔幾つか〕	有幾個
29. しりょう	資料	資料
30. フリーダイヤル		免付費電話
31. むりょう	無料	免費
32. めんきょ	免許	執照
33. しんぱい	心配	擔心

会話 4
かい わ

34. めんせつ	面接	面試
35. おそく	遅く	（時間上的）晚
36. インターンシップ		實習
37. おうぼします→おうぼする	応募します	報名參加
38. にちじょうかいわ	日常会話	日常生活會話
39. やはり		（雖然〜）但仍
40. そのまえに	その前に	在那之前
41. なれます→なれる	慣れます	習慣
42. コツ（こつ）		訣竅、要領
43. なんか		之類、等等

44. しゅうに（いっ）かい	週に（一）回	毎週（1）次
45. べつの	別の	另外、別的
46. てつだいます→てつだう	手伝います	幫忙
47. むり	無理	不可能、沒辦法
48. おやすみなさい	〔お休みなさい〕	晚安、再見

文藻外語大學『伸びる日本語会話』教材開発プロジェクト

張汝秀　◇文藻外語大學日本語文系助理教授
　　　　❖日本東北大学教育学研究科博士課程修了

佐藤圭司　◇文藻外語大學日本語文系兼任講師
　　　　　◇國立高雄第一科技大學應用日語系兼任講師
　　　　　◇高雄市立空中大學外國語文學系兼任講師
　　　　　❖台灣國立中山大學中國文學系博士班在學

孫儷伶　◇文藻外語大學日本語文系兼任講師
　　　　❖日本東京学芸大学社会科教育専攻日本文化講座修了（社会科修士）

川勝亜紀　◇文藻外語大學日本語文系兼任講師
　　　　　◇長榮大學應用日語學系兼任講師
　　　　　◇亞紀塾日語短期補習班日文教師
　　　　　❖台灣國立成功大學教育研究所碩士

伸びる日本語会話　延伸日語會話力

2017 年（民 106）8 月 15 日 第 1 版 第 1 刷 發行

定價 新台幣：420 元整

著　　　者	張汝秀・佐藤圭司・孫儷玲・川勝亜紀
發 行 人	林 駿 煌
封面設計	林 雅 萍
發 行 所	大新書局
地　　　址	台北市大安區（106）瑞安街 256 巷 16 號
電　　　話	（02）2707-3232・2707-3838・2755-2468
傳　　　真	（02）2701-1633・郵政劃撥：00173901
法律顧問	中新法律事務所　田俊賢律師
香港地區	香港聯合書刊物流有限公司
地　　　址	香港新界大埔汀麗路 36 號　中華商務印刷大廈 3 字樓
電　　　話	（852）2150-2100
傳　　　真	（852）2810-4201